智慧公主马小岚纯美爱藏本23

公主足球队
gongzhu zuqiudui

马翠萝 著

化学工业出版社
·北京·

原版书名：公主传奇　公主足球队　原版作者：马翠萝

本书为新雅文化事业有限公司授权化学工业出版社有限公司在中国内地出版中文简体字版本，仅限于在中国内地（不包括香港、澳门及台湾）发行销售。

未经许可，不得以任何方式复制或抄袭本书中的任何部分，违者必究。

北京市版权局著作权合同登记号：01-2021-2851

图书在版编目(CIP)数据

公主足球队/马翠萝著.—北京：化学工业出版社，2021.11（2024.9 重印）
（智慧公主马小岚纯美爱藏本；23）
ISBN 978-7-122-39979-3

Ⅰ.①公… Ⅱ.①马… Ⅲ.①儿童故事-中国-当代 Ⅳ.①I287.5

中国版本图书馆 CIP 数据核字（2021）第 198909 号

责任编辑：张素芳　　　　　　　　　美术编辑：关　飞
责任校对：边　涛　　　　　　　　　装帧设计：牙　牙

出版发行：化学工业出版社（北京市东城区青年湖南街 13 号　邮政编码 100011）
印　　装：涿州市般润文化传播有限公司
880mm×1230mm　1/32　印张 5¾　字数 100 千字　2024 年 9 月北京第 1 版第 2 次印刷

购书咨询：010-64518888　　　　　　售后服务：010-64518899
网　　址：http://www.cip.com.cn
凡购买本书，如有缺损质量问题，本社销售中心负责调换。

定　　价：25.00 元　　　　　　　　　　　　　　　　版权所有　违者必究

目 录

第 1 章　校园里的足球少女像　　　　　　　　1

第 2 章　公主足球队　　　　　　　　　　　　8

第 3 章　公主姐姐，您能上场吗　　　　　　 16

第 4 章　公主大哭包　　　　　　　　　　　 23

第 5 章　帅哥教练　　　　　　　　　　　　 33

第 6 章　我们创造奇迹　　　　　　　　　　 43

第 7 章　我是一个出色的球员　　　　　　　 55

第 8 章　不是冤家不聚头　　　　　　　　　 63

第 9 章	娜娜患了白血病	74
第 10 章	场上激战	81
第 11 章	进军半决赛	90
第 12 章	晓星的幸运手	100
第 13 章	我来过，我喜欢足球	107
第 14 章	为小球迷默哀	113

第15章	裁判的错误	119
第16章	输了吃手机	127
第17章	国王驾到	135
第18章	霸天队的犯规战术	145
第19章	小岚化身守门员	153
第20章	胜利属于公主队	162

万卡

乌莎努尔公国第十九任国王,风度翩翩、英勇果敢。是国民眼中的好君王,小岚和晓晴、晓星心目中的暖心大哥哥。

周晓晴

马小岚的好朋友,漂亮活泼,喜欢打扮,最常做的事是和弟弟斗气。

第 1 章
校园里的足球少女像

　　宇宙菁英学院的校园,矗立着一座雕像,两米高的底座,上面是一个真人高的美丽的少女雕像。少女身穿八号球衣,脚下踩着一个足球,英姿焕发,笑望前方。

　　一群刚入学的小学部一年级学生,由老师带着参观校园,这时正来到雕像底下。

　　"老师,这姐姐是谁呀?"一个脑后扎着马尾辫的小女孩,指着少女足球员雕像问道。

　　老师抬头看着雕像,陷入了回忆:"十年前,我们学校出了一支了不起的女子足球队,她们非常厉害,在全国学界女子足球公主杯比赛中,连续三年夺得冠军。为了纪念

她们的功绩，学校在这里建立了这座足球少女雕像。"

"哇，这些足球姐姐真了不起！老师，她们现在读几年级，您可以带我们去见见她们吗？"马尾辫女孩眼里满是渴望。

"是呀是呀，我也想见见足球姐姐。"

"我也要见！"

孩子们七嘴八舌地要求老师。

老师笑笑说："她们已经毕业了，不在这所学校读书了。"

"啊，那太可惜了！"马尾辫女孩觉得有点遗憾，她又问，"老师，学校现在还有女子足球队吗？她们还是像那些姐姐一样厉害吗？"

"足球队已经解散了。那支三连冠足球队的队员们陆续毕业，离开这里之后，足球队的素质就大不如前了。在一次比赛中，我们的女子足球队被八达学院女子足球队打得一败涂地，八达学院捧走了公主杯，而我们的足球队士气就此一落千丈，之后再也无缘公主杯。不久，足球队就解散了。宇宙菁英学院没有了女子足球队，但她们的夺冠神话，她们创下的奇迹，永远留在了这里。"老师抬头看着足球少女雕像，好像看到了当年在球场上奔跑、跳跃的矫健身影。

老师心里叹息着，当年那帮女孩子多么朝气蓬勃啊，

公主足球队

每天都可以在绿茵场上看到她们在运动,在练球,挥洒着汗水,散发着青春的活力。那时全校学生都以她们为荣,都以她们为榜样,全校学生运动风气浓厚,每天一大早就见到校园里无数晨练的身影,跑步的、踢足球的、打羽毛球的、打篮球的……

记得当时有记者采访她们球队后写了一篇通讯报道,题目就叫《活力校园》。

只可惜今非昔比,没有了那支像小太阳一样照亮校园的女子足球队,学校的运动风气渐渐衰落,体育科不合格的学生人数逐年上升,有些外校学生还把宇宙菁英学院的学生叫作"病坏书生"。

老师带着孩子们离开了,只有马尾辫女孩还留在那里。她仰起小脑袋看着足球少女雕像,握了握拳头,说:"足球队会有的,公主杯会拿回来的。嗯,我去找小岚公主!"

这天放学,马小岚正和晓晴、晓星一起走出校门。来接他们的车已经停在大门口,外号小胖的年轻司机一见到他们便走出驾驶室,走去拉开后面车门。

"公主姐姐,等等我,等等我!"一个脑后扎着马尾辫的小女孩背着小背囊,朝小岚他们跑了过来。

她一把拉住了小岚的手,高兴地说:"哇,幸亏我跑得快,不然就找不到公主姐姐了。公主姐姐，有事请您帮忙哩！"

"娜娜，想姐姐帮你什么呀？这么着急。"小岚把娜娜搂在怀里。

这个扎着马尾辫的一年级学生娜娜，就是小岚刚到乌莎努尔那天，拿着写有"公主您好"纸牌，站在欢迎人群中的那个小女孩。小岚很喜欢她，时不时邀请她到嫣明苑做客。

"公主姐姐，我想让您做足球女孩，我想让您把公主杯重新赢回来！"在娜娜的眼中，公主姐姐是无所不能的。

"啊！"小岚愣了愣，没想到娜娜提出了这样的要求。

来宇宙菁英学院不久，小岚就知道了女子足球队的事，因为校园里那座气势不凡的足球少女雕像，每天都提醒着大家，他们师姐曾经的辉煌。

同时，她也知道了师姐们毕业后球队在一场跟霸天队的比赛中惨败，球队从此人心涣散，很快便解散了。

从没有人提出过要重建女子足球队的事。一来大家都觉得无法达到当年师姐们的高度；二来当年输给霸天队的那场比赛造成的阴影，至今仍无法消散。

没想到，许多人想都不敢想的事，却由一名刚踏入小学门槛的小女生提出了。

见到娜娜一脸的渴望，小岚心里很惭愧。全校小学部、

中学部、大学部，这么多学长，自信心却不如一名刚入学的小学妹。

她摸着娜娜柔软的头发，说："我答应你。谢谢你的信任。"

娜娜一听，开心得拍起手来："太好了太好了，有了公主姐姐，我们一定能把公主杯赢回来！"

小岚说："姐姐明天要跟国王去国外做友好访问，要一个月以后才能回来。你去找茜茜姐姐，她球踢得不错，让她牵头先把球队成立起来，好不好？"

茜茜？大家一定觉得这名字很熟吧？

嗯，她就是曾经出现在第四册和第十册中的胡鲁国公主茜茜。她今年刚来乌莎努尔留学，跟小岚一样，是宇宙菁英学院中学部的学生。

娜娜点着小脑袋："嗯嗯嗯，我明天就去找茜茜公主姐姐。您就做第一队长，茜茜公主就做第二队长。嗯，我就做啦啦队队长，负责给姐姐们加油。"

小岚拍拍娜娜的小脑袋，笑着说："好啦，我的啦啦队队长，快回家吧，我让司机叔叔先把你送回家。"

"谢谢公主姐姐！"娜娜高兴地爬上了小轿车。

一路上，她嘴里不断地哼着一首儿歌，心情十分好的样子。一会儿又问小岚:"公主姐姐,几岁才能做足球队员,我也想做一名足球队员。"

小岚记得在香港踢球时,足球教练曾经提到过这个问题,她回忆了一下,说道:"七至九岁的小朋友可以开始接触足球,但真正要进行正规的体能与技术的训练,十一岁以后才能开始。"

娜娜用小手指算了算,有点丧气地说:"我今年六岁,还得等五年呢!我好想赶快长大,像学姐她们那样,做个棒棒的足球队员。"

小岚笑着把小家伙搂在怀里:"别着急。娜娜可以在这五年里做好准备工作啊!把身体锻炼得棒棒的,到了适合的年龄,就可以参加足球训练了。嗯,说起来,你也太瘦了一点,脸色也不太好哦,真的要加强锻炼了。"

"嗯,我会加油的!"娜娜握了握小拳头。

第 2 章
公主足球队

第二天，小岚正在收拾着要带出国的一些教科书。出访一个月，会落下很多课业，所以万卡特地安排了一位当过中学教师的随团翻译，一路上给小岚补课。

上午国王万卡还得处理一些事，所以访问团下午才坐"皇家一号"飞机出发，时间很充裕，小岚也就慢悠悠地收拾东西。

因为这天是星期六，不用上课，所以晓晴、晓星两姐弟也在家。早前知道小岚要出国一个月，两人就开始失魂落魄了，要跟一直以来朝夕相处的好朋友分开一个月，别太残忍了好不好！

尤其是今天，想到小岚下午就要飞了，更是难受得不要不要的。两人一早起床就跑到这里来，像看仇人一样狠狠瞪着那几个行李箱，仿佛它们是导致小岚离开的罪魁祸首。

晓晴把自己一些因为难买到而一直舍不得用的化妆品往小岚手里塞："你出国访问是代表着乌莎努尔的脸面，就别再像平日那样不化妆，素面朝天见人了。把这些带着路上用，这都是新的，还没开封使用呢！"

晓星则拿过小岚的手机，下载了几款游戏："这些都是我特意为你找的，又好玩又容易过关。你接下来整个月都要飞来飞去，很多时间都花在旅途中，又没有可爱的晓星陪伴，一定非常寂寞，无聊时你就玩这些游戏吧！"

小岚心里挺感动的：好贴心的小伙伴啊！

她把化妆品交回给晓晴，说："放心好了，访问团里有化妆师跟着呢，我专属的化妆品由她带着，你不用担心我会素面朝天。这些你自己留着用吧！"

晓晴接过化妆品，又把头上别着的一个蓝宝石发卡取下来，别到小岚头上。这是她最喜欢的发卡呢，平日都舍不得戴。但送给好朋友，她却一点都不犹豫。

"小岚，你留了长发，这发卡配你好漂亮呢！"晓晴拉

着小岚在镜子前照呀照的,十分满意。

"谢谢晓晴。"小岚也不跟晓晴客气,收下了这份礼物,她看了看自己的一头长发,又忍不住跟好朋友吐苦水,"其实我不想留长发的,都怪那发型师姐姐,总说我留长发漂亮,弄得万卡哥哥逼着我留长发。短发多好啊,又方便又利索。"

晓晴说:"发型师姐姐真有眼光,你留了长发,真是更漂亮了呢!"

在一旁玩手机的晓星插了一句:"我同意。小岚姐姐本来就颜值满分,加上一头飘飘长发,哇,简直女神一枚!"

"我们女孩子说话,你八卦什么!"小岚和晓晴异口同声地说。

正说话时,电话突然响了起来,小岚拿起一看,原来是茜茜:"嗨,茜茜。"

茜茜在电话那头叽里呱啦地说了起来:"小岚,你那个年纪小小的朋友可真性急啊,一大早就来找我,商量成立女子足球队的事。"

眼前浮现出小家伙一大早去缠茜茜的情景,小岚就情不自禁地弯起了嘴角:"你不是总埋怨说学校生活每天除了学习还是学习,生活呆板无趣吗?这是让你生活从此丰富多彩的好机会呢!而且,这还真是一件很值得去做的有意义的事,娜娜的提议非常好。"

茜茜嘻嘻一笑,说:"嗯,我

也这样认为。那小家伙真有意思,小小人儿口才了得,还真把我的热情给煽动起来了。想起当年女子足球队的厉害,真是令人热血沸腾啊!学姐们能做到的,我们也可以做到。而且,这是公主杯啊,就凭这名字,这奖杯注定就是属于我们的。"

小岚笑得眼睛弯弯的:"有这样的信心就好。你先搞起来,我回来再帮你。"

茜茜大声说:"这是必须的,这事离了你怎么行!只是我上网查了一下,原来今年公主杯的分区赛已经开始报名了,我想去报名,即使不能出线,拿点经验也好。"

"我赞成!"小岚马上表示支持,"但会赶得很急,球员方面你心中有没有数?"

茜茜说:"我刚才已经让学生会出面查了学生档案,寻找有踢足球特长的女同学,还真让我找到了十几个呢,不过按照一般球队十一名球员、七名后备的规例,人员还不够呢。"

"茜茜,你可以找素姬和美姬,还有莎莎高娃、胡追追帮忙呀!"小岚说。

看过《第一公主》的小读者一定还记得素姬和美姬,记得莎莎高娃和胡追追。她们去参加世界公主比赛时,和

公主足球队

小岚、茜茜一起被恐怖分子劫为人质，后来在小岚机智勇敢的周旋下，在万卡国王的营救下，终于脱离危险。之后她们和小岚结为好友，跟茜茜一样来到了宇宙菁英学院留学。她们年龄比小岚和茜茜大些，现在于大学部艺术系读一年级。

现代的国王，对于他们子女的培养是多方面的，除了各方面的知识学习，还包括体能锻炼，学习骑马、各种球类运动，等等。谁也不想有一个病歪歪的继承人呀，要是有个三长两短，那大好江山交给谁？

所以，作为胡陶国公主的素姬和美姬，还有神马国公主的莎莎高娃、萝莉国公主的胡追追，也从小接受过足球训练。

"这还用你提吗？我们早把她们四个人算在内了，但人员还是不足。愁死了！"茜茜叹了口气。

小岚说："凑齐首发的十一个人，已可以成立球队了，以后慢慢再物色其他队员，相信高手在民间，一定能找到这方面人才的。"

"嗯，你说得对，那我就先把球队成立起来。"茜茜又兴奋起来，她得意地说，"小岚，足球队的名字我已经想好了，就叫'公主足球队'。说来也巧，除了我、你、莎莎高

娃、胡迫迫、素姬美姬姐妹是公主外，其他物色好的队员里还有三位公主呢！球队里有九位公主，叫公主足球队再合适不过了。"

"公主足球队？咦，不错哦！"小岚笑着说。

"你也喜欢这名字？嘻嘻，那就这样定了，公主足球队，耶！"茜茜在电话那头大喊一声，又说，"小岚，祝你出国顺利。等着你回来哦！我挂线了。"

"公主足球队？我怎么左想右想，也很难把公主跟足球两个字联系起来。"晓晴嘀咕着，"其实踢足球有什么好，怎么就这么多人喜欢，不就是二十个人追一个皮球的游戏，还找了两个看门的。"

晓星不满地说："姐姐你太过分了，不许你不尊重足球。你这话千万别在大球场讲，我敢保证，你马上会被球迷骂死，或者让声讨的口水淹死。"

小岚点头表示赞成："是呀，晓星说得对，这回我也不帮你了。足球运动是一项古老的体育活动，还是起源于我们中国的春秋战国时期呢！那时候叫'蹴鞠'，最早出现在齐国故都临淄，后来经过阿拉伯人传到欧洲，才发展成现代足球的。"

"啊，真的？！"晓晴睁大眼睛。

因为一直以来都觉得欧洲国家对足球更为重视,而且实力也更强,所以她还以为足球是那些国家发明的。

晓星自豪地说:"当然是真的!二〇〇五年,在瑞士苏黎世举行的国际足联百年庆典闭幕式上,国际足联主席还为足球起源地临淄颁发了'足球起源地证书'呢!"

晓晴听了,马上双手合十,对着空中拜拜:"足球啊足球,失敬了失敬了,我不应该不尊重你的。不知者不罪,我会努力爱上你的!"

第 3 章
公主姐姐，您能上场吗

"踢呀，这个笨蛋九号！还愣着干什么？哎呀，真是，又让对手把球铲走了。"

"三号，哇，过得漂亮，马赛回旋*！"

"五号快跑，快跑，对手十号球员来拦截了！"

"射门，GOOOOOAL——！"

"进球啦进球啦！耶！"

小岚和晓星兴奋得从椅子上蹦了起来。

小岚跟随国王万卡出访十国，今日上午刚回到家，没顾得上补个觉倒时差，就被晓星拉着看英格兰足总杯决赛。

---

*马赛回旋：一种进攻队员摆脱对方防守的带球过人技巧。

"喂，小声点好不好，吓得人家小心脏怦怦跳，真是！"晓晴正在客厅另一边拿着平板电脑看电视剧，她不满地向那两个人发出抗议。

"姐姐，电视剧有什么好看的！快来跟我们一块儿看足球赛吧，又紧张又刺激，简直让人热血沸腾啊！"晓星坐回沙发，在面前的茶几上拿了一包薯片，"还有，看足球有零食吃。啧啧，这薯片真脆，真好吃！"

晓星故意发出很大的咔咔咔咔的咀嚼声。

"吃那么多，胀死你！"晓晴气呼呼地说。

为了看这场球赛，足球发烧友晓星提早去采购了一大堆零食，在享受足球的同时享受美食，这是他最幸福的时刻。

晓晴看着眼馋，便向晓星要一包果仁，没想到护食的晓星死也不肯给，说他买的东西是看球吃的，不看球的人想都别想，把晓晴气得要死。

其实晓晴也想跟他们一起看球的，自从知道足球起源于中国，她对足球的兴趣较以往多了一些，而且她以前在学校也曾接受过足球训练，还不至于看不懂。只是直播时间跟一套晓晴很喜欢的韩剧重叠了，所以就各看各的了。

一个小时以后，球赛打完了，看到自己喜欢的球队拿下冠军，把小岚和晓星高兴得又叫又跳："噢噢噢，噢

噢噢……"

没想到从角落里传来一阵不和谐的声音:"呜呜呜……"

小岚和晓星大吃一惊,赶紧看向晓晴,一齐问道:"怎么啦?怎么啦?"

晓晴哭得上气不接下气:"民、民俊哥哥出车祸死了!"

小岚赶紧跑过去,关心地问道:"民俊哥哥?民俊哥哥是谁?你朋友?亲戚?"

晓晴悲恸欲绝:"呜呜呜,韩剧里面一个大哥哥。"

小岚和晓星松了口气,然后一齐:"嗤!"

晓晴一副不可理喻的样子:"你们冷血的!民俊哥哥去世了,你们不难过的吗?"

晓星学着韩国人的语气助词逗他姐姐:"嘿,我说姐姐大人思密达,韩剧不都这个调调嘛,都是赚人眼泪的思密达。看一部哭一部,很容易哭死的思密达!还是向我和小岚姐姐学习吧,看足球,赢了叫人热血沸腾、心情愉快,输了跳脚骂人也能锻炼身体,棒棒的思密达!"

小岚捂着嘴笑。

晓晴说不过弟弟,便又悼念她的"民俊哥哥"去了,她伤心地喊叫:"哥哥你那么帅,怎么可以死呢,呜呜呜……"

小岚摇摇头,这人无可救药!

晓星挠挠头:"哭吧哭吧思密达,小心眼泪把嫣明苑淹没了思密达。"

"思密达你个头!"晓晴终于发飙了,跳起来追打晓星。

晓星绕着桌子跑:"姐姐别打我思密达,我是你弟弟思密达,你跑不过我的思密达……"

"气死我了思密达!"晓晴大声喊叫着,却不提防也"思密达"起来了。

"哈哈哈哈……"小岚笑得弯起腰,捂着肚子。

"笃笃笃!"正闹着,突然有人敲了几下门。小岚抬头一看,原来是女管家玛娅。

"玛娅,有事吗?"小岚好不容易忍住笑。

玛娅朝小岚欠欠身:"公主,娜娜来了。小家伙眼睛红红的,像是哭过。"

"哦?"小岚挑了挑眉毛,"你带她去会客室,我马上来。"

"是,公主。"玛娅又欠了欠身,转身走了。

"我跟你一块儿去!"晓星挺喜欢活泼可爱的娜娜的,他拿了一包果冻,说,"带给娜娜吃。"

"死孩子,有异性没人性!"晓晴忘了她自己也属于"异性"范围。

晓晴伸手去抢果冻,被晓星一闪身躲开了:"桌上剩下

的，都给你。反正球赛看完了。"

"哼，我现在又不想吃了！"晓晴一扭身，跟在小岚后面走出了客厅。

"不吃就算！"晓星顺手从茶几上拿了一包开了封的炸薯片，一边跟在两个姐姐后面，一边把薯片放到嘴里，像只小老鼠一样咔嚓咔嚓地咬着。

一向开朗活泼的娜娜，背着个书包，低着头，噘着小嘴，很不开心的样子。一看到小岚他们进来，就站起来，跑到小岚跟前，说："公主姐姐，您快帮帮茜茜公主她们吧！"

小岚拉着娜娜坐到沙发上，问道："出什么事了？告诉姐姐。"

娜娜皱着小眉头，说："公主足球队在第一场比赛就输了，二比四，真是很糟糕呢！"

公主足球队新成立，球员力量不足，又只有大半个月时间备战，输在这样的全国性比赛中并不奇怪。

"娜娜别着急。不用怕，小组赛不是还有两场吗，那两场我们争取多进球，小组出线也不是不可能的。"小岚捏捏娜娜的脸，"哎，小孩了别愁眉苦脸的，笑一个！"

"嘻嘻。"娜娜嘴角一翘，小脸上绽开了笑容，"也对啊，有小岚公主在，不用怕！"

娜娜又说："今天五点半有第二场比赛，公主队跟云上学院小球星足球队对决。公主姐姐，您能上场吗？"

娜娜一脸的期待。如果公主姐姐能上场，这场比赛就一定会赢。

一直在咔嚓咔嚓吃东西的晓星停了嘴，说："娜娜小朋友，打比赛是需要一队人互相配合的，小岚姐姐没跟公主队一起做过赛前演练，是不可能跟公主队一块上场的。"

"哦。"娜娜很失望，又问小岚，"那等会儿您会去看比赛吗？会去给公主姐姐她们喊加油吗？"

"会啊，我会去看的。"小岚摸摸娜娜的小脑袋。

虽然昨晚在飞机上没怎么睡，现在人挺疲倦的，但她不想让娜娜失望。

这小女孩对足球的热情和执着，让小岚很想为她做点什么。

"噢！"娜娜高兴得蹦了蹦，"谢谢公主姐姐！"

"娜娜，给你。"晓星突然想起那包果冻，忙塞到娜娜手里。

"谢谢晓星哥哥。噢，我要走了，小伙伴们在等着我呢，

我们要先排练一下,然后下午去给公主姐姐加油。"娜娜一蹦一跳地走了,全没了来时的沮丧模样。

　　大家都说,天下事难不倒小岚公主呢!小岚公主出马,公主队一定行!娜娜边吃果冻边想。

第 4 章
公主大哭包

刚下飞机回来就被晓星拉住看足总杯赛了,小岚还没来得及找茜茜了解情况。娜娜离开后,小岚便打开公主杯大赛官网,查看有关消息。

公主杯有自己特定的赛制。全国参赛的十六支球队按区域分成四个小组,每组打六场循环赛,小组积分前两名晋级下一轮比赛。

跟其他足球赛制有点不同的是,因为女子足球队没男子足球队多,参赛队伍也相应少,所以小组晋级的球队可以直接开打八强赛,即由八个队争夺四个出线名额。

决出四个队后进入半决赛,半决赛再决出前两名,然

公主足球队

后进入决赛，争夺冠军。

两天前进行了分组第一场赛事，公主队以二比四输给了长虹大学海珠队。

今天下午这场是小组第二场比赛，由公主队对阵小球星足球队。小球星队队员都出自足球世家，她们的父兄很多都是球星，平日耳濡目染，实力不容小觑，所以情况并不乐观。

关上电脑，小岚便准备去球场看公主队和小球星队的比赛。晓星是足球发烧友，肯定跟着去了。晓晴向来不会缺席这"宇宙菁英三人组"的活动，所以也打扮得漂漂亮亮的一块出发了。

在通往入口的路上，看球的人成群结队地走着，看上去大多是青少年学生，他们有的穿着公主队粉红色球衣，有的穿着小球星队白色球衣，看上去好像小球星队的球迷比公主队球迷要多一些。

这也难怪，小球星队成立多年，很多球迷因喜欢她们的父兄而喜欢她们，所以早已有了一大批固定的球迷。

至于公主队嘛，只成立短短时日，而许多人都认为这是公主们吃饱了没事干找点小刺激，纯粹是闹着玩的，所以很不看好。大多数球迷喜欢看球是出于对足球的热爱，所以他们会更支持技术实力较强的那一支队伍。

公主队的球迷大多是女孩子,虽然公主队几日前曾输了球,但她们不离不弃,仍然呼朋唤友,来球场为公主队呐喊加油。

其中最吸引眼球的是一群小女孩,她们穿着跟公主队球员同款的粉红色球衣,手拿着红色旗子和写有给公主队鼓励字样的红色纸板,由一个显然是所有人中年龄最小的女孩带领着,天真烂漫、活泼可爱,一路上引来不少目光。

小岚他们三个人的位置在球场南边看台,中间偏下,看全场时视觉比较舒服和清晰。这时比赛还没开始,小岚一边吃着晓星递过来的爆米花,一边拿着公主队的大名单研究;晓晴照例拿出小镜子左照右照,刚才进来的路上人有点挤,她生怕头发乱了,或者妆容花了;晓星则忙着跟坐旁边的小美女搭讪:"嗨,第一次来看球吗?我看很多次了……看到那边正在热身的球员了吗?那是公主队的姐姐们,我全认识……"

"爸爸,我跟您调个位子。"小美女突然对坐在她另一边的一个高个子男人说。

晓星傻眼了,人家分明嫌自己烦啊!宝宝好伤心,宝宝受伤害了。

公主足球队

高个子男人坐到晓星身边,瞪了他一眼,又抬手使劲挤了挤手臂的肱二头肌,像是在向他示威:哼,想诱骗我的女儿,休想!

小岚和晓晴笑嘻嘻地看着晓星,晓晴还落井下石地说了一句:"活该!"

晓星很想在看台上找条缝,好让自己钻进去,可惜找不到。

幸好,这时主持人大声宣布球员进场了,才把他从尴尬中救了出来。

公主队由穿六号球衣的队长茜茜带领,小球星队由同样身穿六号球衣的队长詹妮带领,两队球员从球员通道里跑了出来,顿时球场上呼声震天。

穿粉红色球衣的球迷高喊:"公主队,必胜!公主队,必胜!……"

穿白色球衣的球迷高叫:"小球星最棒,小球星最厉害……"

主持人介绍出场球员:"……公主队队长茜茜公主,负责中场位置,莎莎高娃守大门,素姬和美姬分别是右中场和左中场……"

两队球员都向观众挥手,然后站到各自位置上。

比赛开始的哨声响了,球场里马上充满紧张的气氛。小岚也停住了吃爆米花的动作,专心看球。

"丁零零——"没想到这时手机响了起来。唉,谁在这紧张时刻找我呢?

"公主殿下,您好,我是约翰。"电话里传来一把稳重浑厚的声音。

约翰是万卡国王的秘书。

小岚一边看球,一边和约翰通话。

"是这样的,国家电视台采访国王,内容是关于这次十国友好访问的收获,他们很想请公主也谈谈。国王让我打电话给您。"

"啊!"小岚有点犹豫,"我现在在明多芬球场看球呢,赶回去怕要花点时间,会耽误国王的宝贵时间的。"

约翰说:"已经安排车子去接您了,三分钟后会到达球场二号门门口。然后五分钟就会来到采访现场。采访队现在还在做准备呢,不会耽误的。"

小岚叹了口气,国王秘书做事真是周到啊,这下想不去都不行了。她只好跟晓晴和晓星说了句"我出去一下,很快会回来",就离开了。

当接受完采访,小岚重新回到球场时,九十分钟的球赛

已经踢了七十多分钟,小岚问两个小伙伴:"比赛怎么样?"

晓晴和晓星脸上都不好看,一个说:"情况不妙!"

一个说:"被人压着打,二比一!"

这时离球赛结束只有十几分钟了。看台上满是小球星队支持者的叫声:

"小球星,加油!小球星,加油!……"

而落后的公主队仍有坚定的支持者,由娜娜指挥的啦啦队挥舞着花球,用她们稚嫩的声音给姐姐们鼓劲。

"公主队,加油!公主队,加油!……"

小岚坐下后,细看球场上的情况,只见小球星队那边,队员仍精力旺盛,而公主队的球员似乎都跑不动了,女孩们在球场上好像逛街一样慢条斯理地移动着,即使跑起来也是随便跑两下,好像失去了继续比赛的动力。

穿白色球衣的五号球员带球杀了过来,斜前方有穿粉红球衣的球员伸腿象征性地阻拦了一下,就被对方轻易闪了过去。

只有茜茜冲了上去,她在努力地阻止对方的进攻,尽管这本来不是她一个人的工作,只是其他人跑不动没办法而已。

看到茜茜冲过来,对方急忙把足球传了出去,茜茜见了转身追向足球,但接到球的对方球员又再把球传了回去,茜茜没办法，只能再次反身追去。

就在茜茜追上足球要发起反击的时候，一只脚伸来，把足球勾走了，茜茜扑了个空。转身想再去追的时候，却没提防脚下一滑，直接摔倒在地。

茜茜奋力从地上爬起来转身去追的时候，足球在对方球员之间传递着，这期间，有公主队的球员尝试进行过阻拦，但软手软脚的，根本不起作用，所有人眼睁睁地看着对手一直把足球从中路传到了门前，由一名穿白色球衣的队员，用力把足球射向公主队球门。

守门的高娃向球一扑，球从她的左手指尖掠过，砰的一声进了球门。球场里马上响起了小球星队球迷的欢呼声。

高娃脱下手套，看着自己被足球铲崩了一小截指甲的手指，一跺脚，张开嘴巴哭了起来。

球场上顿时响起了一阵笑声，在看台上的白色方块里，传来一阵喊声："羞羞羞，羞羞羞，公主是个大哭包！大哭包，大哭包，小心变成叉烧包……"

而公主队的小球迷在大声叫着："公主队不怕！公主队不哭！"

茜茜见高娃哭了，还以为她的手受了多大的伤呢，忙朝她跑了过去，知道只是食指突出来的指甲崩了一小点而

已，有点啼笑皆非，这多大点事啊，也哭成这样。

场外利安见高娃大哭，吓了一大跳，也以为她受伤了，便向第四裁判*提出换人。

高娃扁着嘴，脸上挂着眼泪，举着食指走下场。看台上的小球星队支持者，哄的一声，笑得更厉害了。

公主队的支持者纷纷捂脸，没眼看！

换上替补门将，不但没给公主队带来好运，反而在临结束五分钟前，又让小球星队进了一球。

九十分钟时，裁判吹响了哨子，比赛结束，小球星队以四比一战胜公主队。

小岚摇摇头，起身准备走了。公主队这样的状况，她看不到取胜的希望。

"公主姐姐！"

有好几个声音在背后喊着，小岚回头，看到七八个拿着小花球的小女孩站在后面。除了娜娜之外，小岚还看到了两张熟面孔——紫妍和亭茵。

女孩们都垂头丧气的，有的脸上还有泪痕。

小岚摸摸娜娜的头，又分别拍拍紫妍和亭茵的肩膀，温声说："比赛肯定有输有赢，别这样不开心。"

---

*第四裁判：负责比赛中的球员替换、赛场管理、保管备用足球、公布补时时间等工作，在有需要时替补裁判员上场。

娜娜仰起头,眼里露出热切的光:"公主姐姐,第三场您会上场的吧?有您,我们一定能打赢的。"

其他女孩都围了上来,紫妍拉着小岚的手:"公主姐姐,只要您出手,公主队一定能赢!"

看着小家伙们热切的小眼神,小岚心软了,尽管她知道,已输了两场,要在第三场打翻身仗,那是多么不容易,但她还是点了点头:"好,好,我答应你们。"

女孩子们一听开心极了,她们互相击掌庆贺:

"耶,太好了!"

"谢谢小岚公主!"

"小岚公主好厉害的哦,公主队一定能打赢!"

娜娜笑得眼睛弯弯的,她说:"小岚公主,姐姐们现在一定很难过,我们这就回去安慰她们。"

"公主姐姐再见!"

小岚挥挥手:"再见!"

小岚回到嫣明苑不久,手机就响了,她拿起来,"喂"了一声,就听到了对方一阵吵吵闹闹的声音:

"小岚,我们好惨哦!呜呜呜……"

"小岚,你回来就好了,我们要强大就靠你了!"

"小岚,我们要反败为胜!"

"对,我们要替师姐们把奖杯拿回来!"

"公主杯怎么可以落到别人手里?!"

小岚心里有点纳罕,还以为这帮家伙输得全没了信心和决心呢!但细想也不奇怪,她们有着公主的骄傲,谁都不愿意接受失败的下场。

小岚按了电话的免提键,说:"想强大,可是要吃苦的,你们可要想好了。"

"我们不怕苦!我们不能让别人小看!"

"是呀是呀,我们是公主,我们要强大!"

"我们要打一场翻身仗,让对手看看我们的厉害。"

小岚说:"那好,明天上午八点,我们在球场集合,做战前训练。"

"啊,明天是星期天哦,我有节目了。"

"我也不行。今天打球好累,我明天想睡个懒觉。"

"我明天有约会哦。"

小岚有点生气了:"谁刚刚还说想赢,说不怕苦的?才那么一眨眼工夫就忘了。时间紧迫,如果不充分利用时间,就来不及了。"

"噢,小岚别生气,听你的就是了。"

"是呀是呀,明天早上八点,不见不散!"

第 5 章
帅哥教练

早上八点，公主队的队员们一个不落全到了，看来她们是真的想打一场翻身仗呢！她们都相信小岚一定能带领她们走出困境，走向胜利。

女孩们在小岚面前排成两行。

小岚的目光在她们脸上一一掠过，然后说："听说原来的教练让你们给气走了，你们真是厉害啊，这叫作'欺师灭祖'知道吗？"

"呵呵……"那帮"欺师灭祖"的家伙一个个不好意思地偷笑。

说起来真是有点对不起那位老先生，那是老校长好心

给她们请来的一个退休足球教练。不过他很快就受不了她们的公主脾气,给气跑了。

茜茜代表全体队员表态:"报告队长,我们下次不敢了,下次一定不敢了。"

小岚哼了一声,说:"好,暂且信你们一次。今天我替大家请来了一个教练,负责带我们训练。"

女孩们一听便叽叽喳喳地问起来:

"啊,教练?还是个老伯伯吗?"

"最好来个帅哥!"

"赞成!"

"赞成加一。"

"加二……"

小岚指指朝这边走过来的一个人,说:"帅不帅,自己看吧!"

女孩们朝那边一瞄,马上兴奋起来了。

"哇,好帅啊!"

"好像有点脸熟。"

"我记起来了,他叫利安,是莱尔首相的儿子。"

没错,这临时教练就是利安,他曾在少年足球国家队待过,所以小岚把他请来,给公主队加强体能训练。

女孩们也不排队了,呼的一下迎上去围着利安,叽叽喳喳地喊着:"哥哥哥哥,你好帅哦!"

小岚瞧瞧有点尴尬的利安,忍不住喊道:"嘿嘿嘿,真丢人!赶快站好!"

女孩们赶紧回去站好。

利安咳了一声:"我叫利安。"

女孩们一齐喊道:"利安哥哥好!"

"大家好!"利安挠挠头,眨眨眼睛说,"我是来帮你们进行体能训练的。"

女孩们又一齐喊起来:"谢谢利安哥哥!利安哥哥真好!"

小岚见那帮家伙有意逗利安,便说:"利安,别理她们,开始吧!"

"开始啰,开始啰!"女孩子们嘻嘻哈哈地排好队。

有帅哥教练,大家的状态都不一样了,站姿都特别有精神。

但她们很快就笑不出来了。

"嘤嘤嘤,利安,我、我、我今天要、死在、你手里了!"

"死利安,我诅咒你吃豆腐咬崩牙、买方便面没有调料包……"

"利安利安,你帅帅的外表掩盖不了你毒毒的内心……"哀怨声响彻球场上空。

发生什么事了?似乎是我们的利安做了什么伤天害理的事。

连飞过的小鸟也八卦地停在了操场旁边的树上,歪着小脑袋瞅着,它看到公主队的队员在小岚的带领下,在操场上绕圈子跑步。

但看了一小会儿,它就发现这不是普通的跑圈了。

只见女孩们在利安的哨声指挥下,做不断变换着速度的变速跑。哨声急促时要加速冲刺,哨声消失就要放慢速度。这样一会儿冲刺一会儿慢跑的,弄得女孩们都神经兮兮的,极度紧张。

特别是哨声一直不停的时候,她们就得一直全力冲刺,这让她们精疲力竭,呼哧呼哧地喘着气,全队人当中只有小岚还在精神抖擞地跑着。

"还能骂人,说明还有力气。继续跑!"利安不为所动,让她们继续跑。

"呜……我们不骂了,我们不敢了……"女孩们边求饶边跌跌撞撞地继续跑着。

这时,利安才吹响了休息的哨声。女孩们一个个东倒西歪地坐到草地上。

"呜,累死我了!"

"从此以后不喜欢帅哥了!"

"妈呀,脚上起水疱了……"

利安一脸的嫌弃:"才跑了三千米就累成这样了!你们知道一场足球比赛,球员要跑多长的路吗?最起码在九千到一万四千米之间。你们跑短短三千米就喊累,哼,怪不得你们输球了!"

女孩们都马上住了声,不敢再喊了。帅哥教练说得对呀,跟比赛时跑的路相比,这几千米真是算不了什么呢!

休息了十几分钟,利安拍拍手说:"好了,休息够了,再来!"

除了小岚和茜茜几个,其他女孩都赖着不肯起来:

"求求教练,饶了我们吧!"

"我不行了,我不能跑了,一步也不能!"

"再歇一会儿……"

利安双手叉腰,摇头,再摇头,然后转身就走:"算了,我走了,拜拜!"

"别走别走,利安,你不是答应帮我们的吗?"

"利安不能走!"

女孩们看到利安要走,一下子都慌了,一个个从草地上跳起来,拦住利安不让走。

高娃对小岚说:"小岚,快帮帮忙,别让利安走。"

小岚没好气地说:"今天利安来帮我们进行体能训练,就是帮助我们克服不足的地方。之前连输两场,很大的原因就是体力不足。如果不争取时间进行艰苦锻炼,增强体质,我们很难在第三场挽回败局。干脆弃权认输好了。"

刚才也在叫苦连天的美姬赶紧说:"小岚别生气,是我们不对,我们继续训练,我们不会放弃的。"

其他女孩也拼命点头,一个个发出"嗯嗯嗯"的声音。

小岚说:"那好,要再那么娇气,我就不管了!"

高娃赶紧说:"是的是的,我们不娇气了,我们要争气!"

小岚看了看利安,说:"怎么样?"

利安耸耸肩,说:"继续训练吧!"

于是,哨声又起,公主们又开始在球场上绕圈跑,随着利安的哨声慢跑或冲刺跑。过了一会儿,她们又累得快支撑不住了,只是机械地跟在小岚后面跑着,跑着,快要坚持不下去了。

忽然,传来一阵整齐的呐喊声:

"公主姐姐加油!公主姐姐加油!加油加油,加油加油……"

公主队队员们向声音发出的地方看去,只见十几二十个女孩子,在看台上站成两排,手拿花球跳着、大声喊着。女孩子们面前,站着一个小不点女孩娜娜,正挥着小手一下一下地指挥着,让大家发出整齐划一的喊声:"公主队,必胜!公主队,必胜!"

喊了一会儿,娜娜小手一挥,女孩子们又换了另一套助威词:"公主队,一定行!公主队,一定行……"

听着小家伙们的鼓励,看着努力挥动小手的小指挥娜娜,公主队队员们感动极了,她们咬咬牙,坚持跑下去。

第二天的集训是在放学后,利安照例来帮忙,这次不做变速跑了,而是负重跑步,每人背上十千克的沙包绕着操场跑,把公主们累得像小狗似的,差点要把舌头吐出来喘气。

但辛苦也带来了收获,半个月下来,公主队在体能方面有了显著提高。

这时,第三轮赛事又迫在眉睫了。这场比赛是公主队对海洋大学暖流女子足球队,时间就在这星期的星期六下午。

暖流队是一支属于中等水平的队伍,在之前的两场比

赛中，她们一胜一负，所以如果这场球赛她们打赢了，就有很大可能以小组第二名出线。

因为公主队之前连输两场，所以暖流队取胜的信心很足，觉得击败公主队简直太容易了。海洋大学的官方网站还特地为暖流队这场比赛搞了一个投票活动，结果七十九点八的票都是投暖流队打赢、进入半决赛的。

论坛上也有相当多的人发表意见，表示绝不看好公主队，甚至有人讥讽公主队是"公主病队"，认为她们娇生惯养的，绝不适合足球这种高强度的运动，落败是必然的。

不过，被看死了的公主队队员们，却没有因为不被看好而泄气。正如队长小岚说的，"走自己的路，让别人说去"，她们越发努力地训练，不断提高自己的身体素质和踢球技巧，准备迎战暖流队。

星期五放学后，公主队队员们照例去了球场集训，训练提早一小时结束，利安留了一些时间，布置第二天的比赛打法。

"大家听着，我们能不能在小组出线，一方面要看我们明天能进多少球，另一方面要看另一组的对决结果。所以，我们明天不但要赢，而且要尽量多进球多拿分。大家有没有信心？"

"有！"胡追追大声说，"有小岚在，我们就有信心！"

"说得对！小岚你是我们的定海神针，是我们胜利的保证！"

"小岚，我们全靠你了！小岚加油！"

小岚大皱眉头，生气地说："喂喂喂，什么全靠我进球？！进球是要靠全队人合作的。现在是要我们每个人都努力，每个人都加油，这才是胜利的保证。"

茜茜说："小岚说得对，我们每个人都要努力，争取明天的胜利。"

"好，我们都要努力！"

小岚说："明天是证明我们自己的时候了。我们要用成绩来告诉那些笑话我们的人，我们没有公主病，不是一点点挫折就哭哭啼啼回家找妈妈哭诉的没用鬼。我们是了不起的足球女孩，我们要赢……"

"噢噢噢，我们是了不起的足球女孩！我们要赢！"公主们兴奋地喊着。

小岚说完，利安拿出一张纸："现在我宣布各人位置……"

这是小岚和利安商量了一晚的大名单。首发球员十一名，替补六人。球员位置也根据各人专长做了更合适的安排，比如原来的左右中场美姬、素姬一起调为前锋。

念完后,利安开始做战术布置:"……暖流队前锋二号很厉害,要重点盯防,不可以轻视。胡追追,这任务交给你了。"

"明白,教练放心!"胡追追点头回应。

"之前我们连输两场,对方球队一定会轻敌,这是我们的机会。我们一开球就要全力进攻,趁她们立足未稳之时进球,先下手为强……另外,我们分析过,暖流队有爆发力,但没有持久力,所以,我们要避其锋芒,敌进我退……"

"明白!"女孩们听完之后,齐声回答。

第 6 章
我们创造奇迹

公主队和暖流队的比赛安排在星期六,场地仍然在明多芬球场。球赛在下午五点开始,但四点刚过,观众就陆续进场了。

纯粹来欣赏球赛的中立观众只是小部分,其他都是公主队或暖流队的球迷。而这些球迷当中,又以宇宙菁英学院和海洋大学的学生为主,他们分别坐在球场的南看台及北看台。

公主队前两场都输了,这是最后一场比赛,如果输了,她们就失去小组出线资格,也就是跟这次公主杯无缘了。所以宇宙菁英学院的学生都很紧张,很多人一早就买好了

入场券，到场支持自己的校友，期待这些师姐师妹能在最后一场打个漂亮仗。

而海洋大学暖流队的学生也来了很多，他们是打算来见证自己学校球队出线的胜利一仗的。他们都信心满满的，觉得暖流队要赢公主队完全没有问题。

南看台上有一道很惹人注目的亮丽风景，那就是啦啦队的小女孩们。比赛还没开始，她们就摇着花球，在一个可爱的小女孩带领下，用清脆悦耳的声音喊着："公主队，最棒！公主队，一定行！"

那小女孩是谁，大家一定都猜到了，她就是一年级学生、公主的铁粉娜娜。她那条由一头黑色鬈发扎成的马尾辫，随着她小手的摆动，在脑后一晃一晃的，很是惹人注目。

球场上的人都带着微笑看着她们，即使是暖流队的支持者也一样，只不过他们的微笑里带点遗憾，怎么这些可爱的小精灵不是支持暖流队的呢！

这时，两队球员从通道跑出来了。

比赛开始了，小岚把球磕给自己队的四号球员，然后就毫不犹豫地向对方阵地冲去。四号球员接到球后，又传给了中圈外的五号球员，五号球员直接把球回传给素姬。

素姬一脚把球踢了出去，球高高地飞起，带出一道抛物线飞向球场的右路。暖流队的队员有点莫名其妙，不明白她为什么这样做。

眼看球就要出底线了，突然，一道身影旋风似的追上足球，正是前锋茜茜，在球即将出界的一刹那，她倒地把球传向了球门前。

这时小岚正好飞速赶到，她一跃而起，把头一甩。

头球，球进网了！

开赛才几十秒，看台上的人还来不及看清楚球场上发生的一切，公主队就射进了精彩的一球。

场上突然变得很安静，所有人都有点茫然，对刚刚发生的事没反应过来，直到几秒之后，才哄的一声发出了欢呼：

"好球——"

啦啦队的女孩子们已经忘了喊整齐划一的鼓励句子了，只顾尖叫着："进球了进球了……"

多么精准的传球，多么默契的配合，多么漂亮的射门，整个球场都沸腾了！

几乎所有人都在拼命呼喊，在热烈鼓掌，因为他们看到了一个非常出色的进球。

裁判吹响了进球哨声，记分牌也慢慢地翻了过来，一

比〇,公主队得分。

茜茜扑到小岚跟前,紧紧抱着她:"成功了,成功了,我们先下手为强的策略成功了!"

有一个进球在手,公主队就有了底气,大大激发了球员的斗志。

这时其他队员也冲了过来,十一个人搂成一团。

公主队的进球,让暖流队的球员十分吃惊,她们目瞪口呆地看着疯狂庆祝的公主队队员,难以接受这开赛几十秒就丢球的残酷现实。

这还是那支公主病严重的弱队吗?怎么短短时间内就变得这样厉害了呢?

比赛重新开始,暖流队可不敢再轻视公主队了,她们一开始就牢牢地把球控制在自己脚下,她们开始积极进攻。"敌进我退",公主队马上转入防守,但不管她们防守怎样严密,还是让暖流队射了三次球,幸好一个被高娃扑出,两个踢到门柱上没有进网。

一次又一次的射门,对把守球门的高娃造成严重威胁,令她狼狈不堪。

负责盯防对方二号的胡追追也盯得十分吃力,暖流队那个前锋太活跃了,她很快摆脱了胡追追的盯防,带球往前冲。

胡追追因为不小心跌倒，爬起来时二号已跑远了。二号趁着公主队防守的空当，抬脚射门！高娃奋力扑球，但扑偏了，球从她的腋下穿过，钻进了网里。

在一片呼喊声中，记分牌翻过了，一比一，两队打平。

暖流队球员在疯狂庆祝进球，公主队却全体发呆。

这时球赛刚好进行了四十五分钟，上半场结束了。裁判员吹响哨子，中场休息。

更衣室里，队员们还没从暖流队进球的打击中回复过来，一个个都怏怏不乐的。小岚喊了一声："嘿嘿嘿，别一副颓丧样子好不好，现在是打平啊，不是落后！我们还有下半场可以努力扭转局势呢！"

公主队队员们一想，咦，真的，只不过是打平呢，难过什么！于是一个个又喜笑颜开起来。

只有守门的高娃还在垂头丧气的，觉得自己不应该拦不住那个球。

小岚拍拍高娃的肩膀，说："别难过，你已经做得很好了。下半场继续替我们守好大门！"

高娃抬起头，使劲"嗯"了一声。

下半场开始，两队队员各就各位。暖流队一开始就发出猛烈进攻，公主队一次次挡住了她们的攻击。有两次射门，

都被高娃扑出。渐渐地,暖流队气势有所减弱。

机会来了。

在小岚的带领下,公主队整个阵形向前推了一截。

第七十分钟,小岚前插助攻,传球给美姬,美姬变向摆脱后,快速内切,在对方后卫的干扰下,射门击中网柱,没进球。

第七十九分钟,胡追追传球给茜茜,茜茜直塞传球给身后,素姬门前抽射,又被暖流队门将挡出。

第八十一分钟,茜茜脚后跟挑球过了一个人,在大禁区里跟素姬来一个二过一,见门将站位靠前,便做出一个怒射的姿势骗过门将,而踢出来的却是轻飘飘的挑射——球,进了!

二比一,公主队领先一球。

全场沸腾,原先不被人看好的公主队竟然领先了。公主队球迷的欢呼声震天动地。

小岚满脸兴奋,但没有乐而忘形,她朝跑来庆祝的队员们说:"形势大好,我们有希望了。不过,我们还得继续努力,因为我们之前两场都输了,这一场必须进更多的球,才能争取到在小组赛中出线。大家再接再厉,加油!进球!"

"加油!进球!"队员们意气风发、信心十足。

时间在一分一秒地过去,足球在足球场被反复拼抢。

第八十五分钟了,双方队员都累极了,而体质较差的公主队就更糟糕了,她们只是靠着一股意志在坚持着。

终于,机会又来了。美姬伸脚一铲,得球后传给茜茜,茜茜一脚把球踢往前场,直往小岚方向飞去。当时有两名对方球员在小岚身边贴身防守,但机敏的小岚硬是从两人中间挤过,在足球落地之前,提前出脚。

一脚垫射,球擦着门楣撞到球网上部,然后弹落地上。

"进球了——"

"公主队进球了——"

"公主队万岁!"

喝彩声山呼海啸般地响起。

场上出现了一个出人意料的比分——三比一,公主队竟然领先两分!

看台上的公主队支持者都疯了,拼命大喊:"公主队!公主队!公主队!公主队!……"

"公主们,还有几分钟,争取再进一球,拼了!"小岚大声喊着,鼓励队员们。

在场上跑了八十多分钟,公主队的女孩们累得一双腿好像有千斤重,再也挪不动了,但她们还是坚持着,坚持着;

身体最弱的胡追追更是连站都站不稳,仿佛只要有人轻轻点她一下,她就会跌倒在地。

娜娜领着啦啦队,逐个喊着球员们的名字:

"小岚公主,加油!"

"茜茜公主,加油!"

"高娃公主,加油!"

"素姬公主,加油!"

"……"

娜娜的小手不知疲倦地挥动着,汗水把她额前的头发都打湿了,汗珠流到她眼睛里,但她顾不上去擦;女孩们的嗓子早沙哑了,但她们还是坚持着大声喊叫,希望自己的声音能带给公主姐姐力量。

公主队球员们听到喊她们的名字,都不禁挺直了腰,脚下仿佛也被注入了力量。

当暖流队的五号球员再次拿球,传给了队友九号球员后,小岚跟了上去。九号一个转身,把足球护住,同时把小岚挡在身后。但小岚不声不响,灵活地从侧面伸脚上去,捅掉了九号脚下的足球。

九号失了球,不禁大惊,她本能地伸手去扯小岚的衣服,把小岚扯得跌倒在地。

裁判吹响哨子，判九号犯规，公主队因此获得了一个射罚球的机会。

因为射罚球的位置距离球门有二十五米左右，如果要射门，这个距离对在场上跑了八十多分钟的球员来说根本无法做到，只能传球了。

茜茜抱起球，准备放到指定位置上去踢。小岚喊住她，说："这球一传出去，肯定会被暖流队断掉的。交给我吧！"

茜茜一向相信小岚，所以毫不犹豫地把球给她了。

小岚把球放在地上，球场上突然安静下来了，所有人都看着她，在猜测她接下来会怎样做。

暖流队的队员已经搭好了人墙，她们觉得公主队这球百分百会丢，远射她们没这个力量，而传球嘛，同样不可能。她们都用轻松的眼神看着小岚，等着她的下一步动作。

小岚摆好球，又抬头看看前面的人墙和球门，像在考量着什么。人们突然猜到了，她是要自己远射啊！

前面有暖流队的人墙挡住，球门又离得那么远，这简直是异想天开啊！

"小岚，不行！不行啊！"茜茜明白小岚的意图后，大吃一惊。

"放心，瞧我的！"小岚一脸自信地说。

公主足球队

　　小岚开始后退拉出助跑距离，一直退到了距离足球约十米远的地方。

　　裁判吹响了可以开始的哨声，小岚深深地吸了一口气，然后身体前倾，像一只灵巧的小鹿一样奔了出去。

　　所有人都睁大了眼睛，死死地盯着她。转眼间，小岚已经冲到了足球前面，右脚抡起，用尽全身力气向足球抽去，足球腾空而起，飞向前方。

　　组成人墙的暖流队队员们还没来得及做出动作，就感到头上有东西呼的一下掠过，紧接着砰的一声，飞进了禁区。暖流队守门员见到足球呼啸而来，急忙一扑，可惜没扑到，球一头撞进了球网。

　　最先反应过来的看台上的人，不管是公主队的支持者，还是暖流队的支持者，全都从座位上跳了起来，高举双手欢呼："好球——"

　　这个球进得太完美了！让对手的支持者都情不自禁叫好。

　　"小岚公主万岁——"啦啦队的小女孩大声喊道。

　　"小岚公主好球——"公主队球迷大声喊道。

　　小岚进球以后，原地站着，她满脸笑容，右手举起做出胜利的手势，指向空中。

公主足球队

"小岚,我们胜利了,我们打赢了,我们没有公主病!"

公主队的队员们泪流满脸,冲向了大功臣小岚。四比一,这意味着她们不仅打赢了这场球赛,而且很可能可以在小组赛中出线。

球赛结束的哨声响起,就这样,公主队在连败两场的情况下,奇迹般地在第三场创下佳绩,四比一打败了暖流队。

这时,一直戴着耳机收听电台新闻的晓星,发疯似的冲了过去:"我们出线了,我们能出线了!"

大家惊喜地看着他。晓星大声说:"公主杯组委会刚刚宣布,综合四队总成绩,小球星队以总分第一名出线,而我们,刚好比分数最接近的暖流队多了一分,结果是,我们以第二名,出、线、了!"

"哇,出线了,我们真的出线了!"公主队的队员们高兴疯了,她们齐心合力抓起晓星就往上扔,吓得晓星大叫救命……

第 7 章
我是一个出色的球员

全国学界女子足球公主杯分组赛结束，八强队伍全部产生，分别是一组的汉阳大学超女队和造船学院乘风队，二组的八达学院霸天队和培英大学阳光队，三组的云上学院小球星队和宇宙菁英学院公主队，四组的岭西大学协力队和长野大学百花队。

公主队在小组出线的消息，很快在宇宙菁英学院传开了。不管是老师还是学生，全都感到不可思议，他们万万不会料到，这帮看上去弱不禁风的公主，真的以小组第二名进入了八强赛。

校长郎昆最高兴了。他在宇宙菁英学院担任校长十年，

亲眼见证了女子足球队的成立和解散,他曾为那三连冠的荣誉而骄傲,也曾为后来的一败涂地而痛心。

这些年他也曾有过重组女子足球队的念头,但最终还是打消了。也许是由于当年的女足太出色了,令他没信心重拾当年辉煌;也许是由于后来那场比赛输得太丢人,让他不想触碰那些陈年旧事。

而今天,公主足球队的小组出线,让他有了重振学校女子足球的信心。他兴冲冲地吩咐秘书,午饭后请小岚和茜茜来校长办公室一趟。

郎校长用完午餐刚回到办公室坐下,就听到敲门声。他喊了声:"进来!"

秘书推门进来,说:"郎校长,小岚公主和茜茜公主来了。"

"噢,请她们进来!"郎校长一边说,一边站起身。

秘书把小岚和茜茜让进校长办公室,自己悄悄退出去了。

"校长好!"小岚和茜茜一齐向校长鞠躬问好。

别看她们是一国之公主,但在学校里,她们也像普通学生一样尊敬老师。

郎校长笑眯眯地说:"坐,请坐!"

等郎校长坐下之后,小岚和茜茜也坐到了校长对面的长沙发上。

郎校长看着两个学生，眼里是掩饰不住的喜爱："公主队，不错不错，竟然拿到小组出线了。你们为宇宙菁英学院争了光，我代表全体师生谢谢你们。"

小岚和茜茜互相看了一眼，开心地笑了起来。

郎校长又说："现在离下一场比赛还有半个月，你们要抓紧时间，积极备战。怎么样，有决心打入半决赛吗？"

小岚和茜茜又互相瞅瞅，小岚笑着说："校长，我们的目标是打进决赛，拿下冠军，把公主杯重新拿回来。"

郎校长简直喜出望外，他眼睛睁得大大的，说："啊，拿冠军？！哈哈哈哈，搞半天，我还是太保守了。好好好，我就等着你们把奖杯捧回来！"

想了想他又说："小家伙，别让我失望啊，要真的拿个冠军回来哦！"

小岚笑嘻嘻地说："放心，校长，您就在学校荣誉室腾好位置准备摆放冠军奖杯吧！"

郎校长又是一阵大笑："好，好，有自信，校长喜欢！"

郎校长一直把小岚两个人送到电梯口，临走又说："等你们好消息。"

郎校长一离开，茜茜就说："小岚，你真有决心拿冠军？"

小岚毫不犹豫地说:"有啊,比赛不就是为了赢的吗?"

茜茜抿抿嘴,说:"可是,我们队除了我和你,还有高娃、素姬、美姬几个技术不错,其他的都比较一般啊。拿冠军,我觉得有点悬。"

"别那么没出息好不好!"小岚不满地瞪了茜茜一眼,"有些人不行,我们可以想办法找来行的人啊!"

茜茜眼睛一亮:"咦,好办法!这次比赛的规则,小组出线后可以重组队伍,重新呈报大名单。我们还有机会换人啊!"

小岚点点头:"之前成立球队就有点仓促,现在我们可以在全校范围内寻找'漏网之鱼'。找找还有没有一些球踢得好,只是没写进档案的同学。我们可以通过自荐,或者同学推荐的方式……"

茜茜本身是学生会的干事,她自告奋勇:"好,我马上去找学生会会长,让他通过学生会向各班全面了解一下,看有没有足球踢得好的公主。"

宇宙菁英学院名声在外,的确吸引了不少皇室贵族子弟来就读,其中公主还不少呢!

小岚笑笑说:"也不用特别强调一定要公主,踢得好的,都可以考虑招收。"

茜茜是个说做就做的人，出了电梯就跟小岚分了手，跑去学生会办公室了。

小岚回到中学部区域，正沿着林荫小道回高中教学大楼，突然见到前面有个人，一动不动地站在路中间。

小岚走近，发现是一个跟她差不多年龄的女孩。只见她有着健康的小麦肤色，理着一头清爽的短发，鹅蛋形的脸上镶着一双很有神的大眼睛。还有，她的腿很长。

"公主殿下，您好！"女孩笑嘻嘻地跟小岚打招呼。

"同学，你好！"小岚也笑着回应。

在宇宙菁英学院，多数人都认识小岚，但反过来小岚对大多数学生都不认识。

因为人太多了嘛！小学部、中学部、大学部，这么多人，她认得百分之一都算了不起了。

女孩跟小岚打过招呼以后并没让开给小岚通过，而是说："我是您隔壁班的同学。公主殿下，我给你们球队提个意见。"

小岚挺感兴趣的，说："好啊，你说！"

女孩一脸的严肃："公主队应该趁这段时间，多吸收些好球员。"

嗯，这家伙想的还跟自己不谋而合呢！

公主足球队

小岚笑着说:"谢谢你的建议,我们正在找出色的新球员。"

女孩眨眨眼睛:"还用找吗?眼前就有一个很出色的球员。"

小岚四处瞧瞧,眼前除了自己就只有这短发女孩。她把女孩上下打量了一下:"你说的是……"

"就是我呀,我就是出色的球员呀!"女孩挺直了胸脯。

"你?"小岚眉毛一扬。

女孩拍拍胸口:"没错,就是我,司琴,未来的足球明星!"

小岚嘴角一翘,这家伙,自我感觉真好!

"我凭什么信你?"

女孩歪着头想了想,说:"今天下午第二节体育课,我们班在球场分两队玩对抗赛……"

小岚笑了笑:"好,我到时来看。"

女孩握着拳头往上一蹦:"耶!"

下午第二节是历史课,小岚素来喜欢历史,平日就读了很多这方面的书,对她来说少上一节课根本不是问题。她等老师扭转身在黑板上写字时,便悄悄地从教室的后门溜了出去。

我是一个出色的球员

球场上果然有隔壁班在上体育课,两支男女混搭的队伍在踢足球。体育老师当裁判,其他没上场的同学就坐在看台上喊加油。

小岚找了个位子坐下,只见分别穿着红色和黑色运动衣的两支队伍,正打得难分难解,场上比分显示一比一平。

小岚很容易便从红队中看到了那个长腿司琴。她打中场。

中场是足球比赛中一个重要位置,主要在球场中间活动,负责联系前锋与后卫。他们的主要功能是保持足球控制权在己方、拦截对手争夺足球、制造攻势,以至进球。

小岚眼睛一亮,公主队缺的正是这个位置的人啊!

她目不转睛地看着,发现司琴不惜体力地满场奔跑,体力好,速度快,条件很不错。

刚刚还看到她在右边路防守,三脚传递之后,足球到了左边,黑队球员刚刚打算把速度提起来冲垮红队防线,才把足球磕出去,就被她铲出了底线。

明明比赛已经进行了一段时间,别的队员都已经有些疲累了,但她就好像刚刚被换上场一样体力充沛、动作迅猛……

"砰!"看,她又捅掉了黑队二号球员的球。紧接着,

公主足球队

她趁对方还没有反应过来的时候,跨上前又捅了一脚,把足球彻底踢出了黑队的控制范围。

她还没停下来,接着追上去拿到了球,停了停,用尽力气把球向球门踢去。足球在空中划出一道漂亮的抛物线,飞向球门!黑队守门员跃起挡球,但他低估了这脚球的力量和速度,足球擦过他的指尖,冲进了球门。

"进球了,进球了!"

"司琴真棒!"

看台上的学生欢呼起来。

小岚看着和队友抱在一起的司琴,满意地点点头,公主队的新中场球员,就是她了!

小岚正想起身离开,但眼尖的司琴已看到了距离四五十米远的小岚,她挣开了搂着她的队友,朝小岚拍拍胸口,又竖起大拇指,意思是问"我是不是很厉害"。小岚笑着朝她打了个OK的手势。

司琴比了个胜利手势,喊道:"耶!"

第8章
不是冤家不聚头

"搜寻漏网之鱼"的行动有了成效,连司琴在内找到了三名技术不错的新球员,总算凑齐了一支拿得出手的首发队伍。只是替补队员仍然不令人满意,等这次比赛结束后,要通过培训提高她们的技巧。

但是,总体情况要比之前好多了。每天放学后,十八名身穿粉红色球衣、身手矫健的女孩子,在绿茵场上一站,英姿飒爽、八面威风,路过的男生女生都禁不住停下来观望。

晓晴看着眼馋,跑去找小岚,死缠烂打非要加入足球队。说起来,之前在香港智善中学,她是和小岚一起踢过球的。

公主足球队

只是那一脚烂球实在令人不敢恭维,还常常得担心她糊里糊涂地把球踢进自家球门去。

"让我参加嘛,好不好?"她拉着小岚一只胳膊,扭着身子撒娇。

"足球有什么好啊,还是去欣赏韩剧,看你那些民俊哥哥、成敏哥哥吧!"小岚揶揄道。

"不嘛,我现在觉得还是踢球有意义。"晓晴一边说一边继续扭着身子。

小岚给缠得没办法,只好让她做了个替补队员,还是基本上不出场的那种。不过这已经让晓晴眉飞色舞、乐不可支了。

能不能上场不重要,其实说白了这家伙就只是喜欢那件球衣啊!

晓晴拿着粉红色球衣得意扬扬地在晓星面前显摆,晓星气不过,跑到小岚跟前,不管不顾地嚷嚷也要加入球队。

小岚啼笑皆非:"喂,我说晓星,你别是忘记了自己性别了吧?我们是女子足球队!"

晓星不管不顾地说:"利安哥哥不也是男孩子吗?他不也参加了吗?那你让我当教练好了。"

小岚真是无语,这家伙脑子坏掉了吧,以为什么人都可以当教练。

"好不好嘛,好不好嘛!"晓星继续缠着小岚。

"不行,你有教练证吗?"

"那就教练助理?"

"就凭你那三脚猫功夫?不行!"

"心理医生?"

"那我的队员一定全让你治成神经病了。更不行!"

"营养师?"

"啊,我不想让公主们都变成胖猪猪。不行不行不行!"

"嘤嘤嘤,小岚姐姐你偏心,姐姐可以参加我就不可以!"晓星决心赖上小岚了。

"哎呀,好啦好啦,你来当领队吧!"小岚怕了这难缠的小鬼。

领队,岂不是管着整个球队,小岚姐姐太信任我了!晓星高兴得不要不要的,嘴巴都咧到耳朵根了:"嘻嘻,让我接你的班,做足球队的领队?哇,这个我喜欢,我会努力的!"

小岚白了他一眼:"是支援队的领队。"

"啊!支援队?是干什么的?"晓星顿时傻了。

"就是专门给队员准备吃的喝的,让她们吃好喝好,休

息好。"

"啊,让我做这些呀!"

"不愿意?"

"愿意愿意!"好歹支援队领队也是领队,何况,准备吃的喝的,晓星最拿手了。

小岚松了口气,终于处理好了晓晴和晓星这两块贴身膏药。

离八强赛还有半个月,公主队每天放学后都在球场做训练,有时做体能训练,有时在利安指导下演练各种战术。

可以明显见到队员的体力和技术都在进步,小岚作为队长,感到十分高兴。但是,有一天她突然发现了一个很严重的问题,如果这个问题不能解决,公主队在未来的赛事中将面临失败。这个问题就是——队内有人闹不团结。

重组以后,高娃的位置由守门调到中场。高娃以前做过守门员也踢过中场,因为建队时没有守门员便由她担当了。这次小岚从大三找来了一名身高一米八三、身体壮实的女生,这女生的身形和体质看上去更适合守门,所以就让高娃回到中场做防守。

新加入的司琴也是中场。也许这两个女孩都属于争强好胜型的吧,高娃和司琴一开始见面就互相看不顺眼,很快就发展到仇人似的，一有机会就互相冷嘲热讽。这情况直接影响到了球队的状态。

这天放学后，小岚有事没参加训练，利安让队员们分成红绿两队，做队内对抗性操练。

今天利安让绿队的司琴打防守型中场，同队的高娃照旧打右中场。以掷硬币方式决定两队的进攻方向和开球方后，双方队员便自动自觉地站在自己的位置上。绿队司琴站在中后卫身前，而她前面是高娃。

利安发现了一个情况，司琴和高娃一直没有进行过任何交流，眼睛无意中碰上，也马上露出厌恶的神情。这两个女孩，有问题啊！

利安皱了皱眉头，这些女孩子，搞什么名堂？

时间不让他多想，他吹响了比赛的哨声，绿队先发球。

利安坐在教练席上，他很快发现了问题，红队打得十分积极，足球始终都在她们队员的脚下来回转，队长茜茜还多次带球威胁绿队的禁区。

而绿队呢，却明显不在状态，很不给力，足球除了开球时在她们队员脚下一会儿，其他时候都被红队抢去了。

司琴看上去很想上去看住茜茜，但是茜茜一直在右边路活动，如果她过去的话，球队的中路就没人防守了。右

路的中场防守本来是高娃的责任，但是高娃却一点作用都没起到，只顾冲在前面，根本没去回防。

红队发现右路有机可乘，便向右路猛攻。很快绿队的球门失守，茜茜在右路盘过了右后卫之后，把足球传中。红绿两队球员一轮混战之后，足球骨碌碌地滚进了绿队的网……

红队得分，〇比一。

对绿队这个失球，司琴十分愤怒。本来，在茜茜过掉右后卫之后，她就马上冲过去想补位，但没想到茜茜在她赶到之前就把足球传了出去。

司琴气不过，冲到高娃面前，喊道："喂，你是来看热闹的吗？为什么不帮助防守一下？"

高娃撇撇嘴："喊什么喊，你不是防守型中场吗？"

"这么大的一片，我一个人怎么能守得住！"司琴很生气。

"你还用别人帮吗？听说你好厉害的呀，断球、射门都很厉害，队长和教练都表扬你呀！"高娃阴阳怪气地说。

"你——"司琴总算知道高娃为什么针对自己了，分明是见不得自己比她厉害，妒忌自己受表扬，"呵呵，有人一开口就冒酸气，原来是见不得别人比她好，所以恼羞成怒，羡慕忌妒恨呢！"

"才没有,你有什么好让人忌妒的?不害臊!"高娃狠狠回击。

教练席上的利安看得直挠头。不过他没有一点给女孩子劝架的经验,只好装看不见了。

比赛重新开始,接下来的比赛,绿队的表现更是一塌糊涂。高娃不帮助司琴防守,而司琴如果脚下有球也不会传给高娃,哪怕她的位置再好也这样。就这样高娃一直得不到球,而司琴就继续在防守中疲于奔命,很快,红队又进了一个球。

这场队内比赛,最终是以〇比四,红队大比分胜出。

利安十分生气,他说:"司琴和高娃留下,其他人可以走了。"

其他队员看了看那两个倒霉鬼,有点幸灾乐祸。别看利安温文尔雅,但罚起人来,却从不手软。这两个倒霉小孩肯定劫数难逃了。

她们并不同情司琴和高娃,就是因为这两人闹矛盾不合作,才导致了刚才那场球赛打得一塌糊涂,毫无技术含量。如果这种情况发生在真正的比赛中,公主队就毫无疑问是输球的那一方了。

球赛结束前十多分钟,小岚就已经来到了球场,也看

到司琴和高娃之间的不配合，忍不住朝那两个笨蛋翻白眼。这两个家伙搞什么呀，队内不团结，这是一支球队的大忌。见到利安罚她们"留堂"，便也留了下来，皱着眉头站在一边。

利安气得朝司琴和高娃大吼："你们究竟在搞什么？你们是来参加球队还是来破坏球队的？如果是来破坏的，那我可要说一声'恭喜'，因为你们的目的达到了。"

利安平时对队员都很客气的，从没有过这样重的语气，他真的生气了。

司琴和高娃眼巴巴地看着利安，好像吓坏了。

"马上绕着球场跑三圈，不跑完不许吃饭！"利安挥挥手，说。

"能不能不跑那么多？"

"是呀，少跑点吧！"

大敌当前，司琴和高娃不自觉地站到了同一阵线。

"不行！马上给我跑，不许偷懒。"利安指着球场，又对站在旁边看热闹的小岚说，"小岚，你替我看着她们。"

"没问题！"小岚比了个OK的手势。

司琴和高娃见到利安一点不松口，便无可奈何地开始跑了。

利安离开后，小岚一个人坐着，看着那两个家伙跑步。

公主队平日晨练也会绕球场跑步，但一般都只让队员跑一圈，因为一圈下来，她们已经气喘吁吁，累得抬不起腿。这次利安罚她们跑三圈，这惩罚真是够严重的了。

不过，这也是活该！谁叫她们闹矛盾，给接下来的比赛埋下不安定的隐患。

不狠狠教训一顿，她们是不会改的。看着那两个家伙跑得满头大汗，小岚有点幸灾乐祸。

司琴和高娃跑完一圈，回到小岚跟前，高娃喘着大气，说："小、小岚，就跑、跑一圈，行吗？反正、教练不在，你、你就帮帮、我们吧。就、就跟他说，我们、已经跑、跑完三圈了。"

"高娃说、说得对，反正、现在就我、我们三个人，我、我不说你不说，高娃不、不说，谁、谁也不知道。"司琴满怀希望地看着小岚，"小、小岚，好不好？好不好？"

小岚没作声，只是板着脸，用手一指球场："没得商量，继续！"

"啊——"司琴和高娃哀叹着，又开始跑了。

她们没看见，小岚在她们背后偷笑："两个死孩子，看你们怕不怕！"

过了一会儿，司琴和高娃又跑回来了。两人上气不接

下气的,连话也说不出来,只晓得张大嘴巴喘气。

"啊,我、我快要死了!"过了一会儿,高娃才发出了哀鸣。

"我、我也离死不远了!"司琴也哭丧着脸。

高娃拉着小岚的左手,哀求着:"小岚,你不能见死不救,剩下一圈就免了吧!"

司琴拉着小岚的右手装哭:"呜呜呜,小岚你就这样狠心,看着我和高娃死吗?"

小岚暗暗好笑,这两个家伙,什么时候变得这么合拍了。

她挣开两人的"魔爪",说:"这是你们自找的。知道错了没有?"

高娃急忙点头:"知道了,知道了。我不该故意为难司琴,影响比赛的正常发挥。"

司琴也点头:"我也知道错了。我不应该因为生高娃的气,故意不给她球。"

"知道就好!"小岚满意地点点头,"好,我就把这一圈存起来,如果你们再犯今天的愚蠢事,我就加倍地罚,一罚四,记住没有?"

"啊!"罚四?那不是连命都跑没了!

"没信心做到?那就……"

"别别别！我们能做到，能做到。"高娃急忙说，她又拉起司琴的手摇晃着，"你看，我和司琴做朋友了。"

"是呀是呀，小岚，你看我们关系多好啊！"司琴反抓着高娃的手。

小岚盯着她们看了一会儿，说："好吧，就看你们今后的表现。记住，四圈哦！"

司琴和高娃像小鸡啄米般点头。

"好，你们走吧！"小岚挥挥手。

"耶！"两个劫后余生的家伙唯恐小岚变卦，拉着手飞快地跑了。

跑了十几米，两人互相嫌弃地松了手，自顾自地走着。

小岚看见了，冷哼一声，说："哼，四圈哦！"

吓得那两人赶紧又拉起手，飞一般地逃窜了。

第 9 章
娜娜患了白血病

　　小岚正准备回宫,手机响了。她看了看来电显示,是晓星打来的。

　　刚按了接听按钮,就听到晓星焦急的声音:"小岚姐姐,快、快来仁心医院急症室。"

　　小岚吃惊地说:"啊!你病了?"

　　"不是我。"晓星的声音很大,小岚忙把手机从耳朵边挪开一点,"是娜娜。今天娜娜带着啦啦队在舞蹈室排练,突然昏倒了。我刚好路过,见到情况不对就马上打电话找你,可是你没听到。后来我叫来小胖司机,把娜娜送仁心医院了。"

"娜娜？"小岚脑海里浮现出那个可爱女孩的苹果脸，不由得心里一紧，"医生怎么说？"

晓星说："还不知道。她被推进了急症室，还没出来。"

小岚说："好，我马上来。"

小岚说完，马上跑去校门口，扬手叫了一部计程车，赶往仁心医院。

仁心医院离学校不远，五分钟就到了。小岚心里着急，跳下车，交给司机一张钞票，也没等他找钱，就跑向了医院大门。

来到急诊大厅，小岚见到晓星和紫妍，还有几个啦啦队的女孩都在那里。晓星像热锅上的蚂蚁一样走来走去，十分焦急。

一见到小岚，晓星和女孩们都迎了上来，几个女孩都眼泪汪汪的，大家七嘴八舌地说道：

"公主姐姐，您来了太好了！我们都不知道怎么办才好呢！"

"小岚姐姐，娜娜进了急症室，一直没出来呢！"

"呜呜，公主姐姐，娜娜会死吗？"

"公主姐姐……"

小岚赶紧安抚他们："没事的没事的。大家别着急，等

会儿医生出来,我们可以详细问问情况。"

"嗯嗯。"小岚来了,大家好像有了主心骨,都没之前那么惴惴不安了。

小岚对晓星说:"晓星做得很好,知道及时把娜娜送到医院。有通知娜娜家里吗?"

晓星说:"有啊!打了电话给她爸爸,她爸爸正在上班,说马上过来。"

正在这时候,一男一女两个人急匆匆走了过来,紫妍认得他们,说:"娜娜的爸爸妈妈来了!"

娜娜妈妈认得小岚,急忙施礼,又问道:"公主殿下,谢谢您关心娜娜。娜娜怎么了?她为什么进了医院?"

"阿姨,是这样的……"晓星跟娜娜父母说了娜娜昏倒的事。

娜娜妈妈听了直流眼泪,娜娜爸爸急得走到急症室门口,想用手去拉门,但门从里面关上了,他急得不停地说着:"怎么会发生这样的事?我该死,该死,为什么不多关心她一点儿呢!"

正在这时候,急症室的门开了,一名穿白大褂的年轻医生走了出来。娜娜的爸爸妈妈,还有小岚和孩子们,都围了过去。

娜娜患了白血病

"医生,娜娜怎样了?"娜娜爸爸问道。

那位年轻医生看了看面前大大小小一帮人,问道:"病人已经醒了。你们是病人的什么人?"

娜娜爸爸急忙说:"我是她爸爸。"

医生把手里的病人资料翻了翻,说:"我们怀疑病人得了急性白血病,具体要做进一步检查。请病人父母跟我来办理有关入院手续。"

"白血病?"除了那几个懵懵懂懂的小学生之外,其他人都大吃一惊。

"医生,别吓唬我们。她这么小,怎会患这种病呢?"娜娜爸爸的脸色变得惨白,他一把抓住医生的手,"医生,不是真的,你告诉我,不是真的。"

娜娜妈妈身子摇了摇,像要昏倒的样子。小岚急忙把她扶住。

医生说:"这只是初步诊断结果,也可以通过检查排除患这种病的可能,或者情况并不那么糟。你们两位跟我来,我详细跟你们说。"

娜娜的爸爸妈妈悲伤地互相搀扶着,跟着医生走了。

留下一帮孩子不知所措、一脸惊惶。

大一点的孩子都知道,白血病是一种会死人的很可怕

的病。几个小学生虽然不怎么清楚,但看到娜娜爸爸妈妈的悲痛样子,也猜到娜娜病得很严重。

小岚心中格外沉重。由于受毕业于医科大学的万卡影响,她闲时读了不少医书,还跟万卡学过中医,所以她对白血病的认识又比其他孩子多些。白血病发生在儿童身上,多数属于急性,急性患者发病急,病程短,严重的如果不经过治疗,存活期一般不超过半年。甚至有的病例从诊断到死亡,只是一周左右的时间。

娜娜的病小岚一定会出手帮忙,一定要让她得到最好的治疗,但想到娜娜即使经过治疗也不会有很长的寿命,心里就

娜娜患了白血病

一阵阵的痛。

"吱呀——"一声门响,只见两名护士推了一张担架床出来,床上躺着的正是娜娜。

"娜娜!"大家叫着娜娜的名字围了上去。

娜娜躺在担架床上,苍白、消瘦的小脸上一双眼睛显得很大,她见到小伙伴们,脸上露出了笑容。她眼珠转了转,落在小岚脸上,沮丧地说:"公主姐姐,刚才医生叔叔说我要住院,下场比赛我不能给公主队现场喊加油了。好遗憾!"

小岚握住娜娜的小手,说:"不要紧,好好治病,争取快点好起来。以后给公主队喊加油的机会还很多呢!"

"嗯!"娜娜很乖巧地点了点头,又说,"公主姐姐,公主队能像当年师姐那样厉害,把公主杯赢回来吗?"

小岚说:"能,我们一定能。"

娜娜开心地笑了,她说:"拿到公主杯以后,可以拿来给我看看吗?"

"当然可以!"小岚忍住眼泪,使劲地点了点头。

娜娜开心地笑了,苍白的小脸露出了红晕。

"好了,娜娜要到病房休息了。"护士温柔地摸摸娜娜的头发,说,"娜娜给姐姐哥哥们说声再见。"

"公主姐姐再见,晓星哥哥再见,同学们再见!"

看着娜娜的担架床沿着长长的走廊越走越远,小岚心里叹了口气,又对小伙伴们说:"好了,咱们走吧!以后再找时间来探望娜娜。"

小岚打电话回嫣明苑,叫来几部车,把孩子们送回家了。

几天之后,小岚接到了娜娜妈妈的电话,娜娜妈妈悲痛地告诉小岚,经过医生检查,娜娜已确诊患上了急性白血病。

小岚心情很沉重,和娜娜妈妈打完电话后,她又打了个电话给乌莎努尔卫生部大臣:"维尼伯伯您好,我是小岚。我有个年纪很小的朋友,名叫娜娜,今年才读一年级。她刚刚确诊患了白血病,现在在仁心医院留医。麻烦您同院方联系一下,请他们多找几位相关的专家治疗这位小朋友。"

卫生部大臣在电话中回答说:"是,公主殿下。我会亲自跟进这件事的。"

第 10 章
场上激战

半个月后，公主杯女子足球赛八强赛事开始。这个星期六下午是第三组的赛事，宇宙菁英学院公主队和岭西大学协力队对阵。

在比赛前一天公主队公布了他们的首发名单。

队长、防守中场马小岚，队员有左中场茜茜、右中场司琴，另外还有前锋美姬、素姬等。至于门将还是莎莎高娃，那个读大三的同学因事退出了，没办法，还得高娃守大门。另外，还有包括晓晴在内的七名替补队员。

经过一段时间的训练，她们各方面都有了很大进步，所以信心也更足了。

公主足球队

当她们乘坐大巴士前往球场的时候,一路上都看到身穿粉红色球衣的公主队球迷,他们手拿着粉红色小旗子,或者写有支持口号的纸牌,三五成群地走着。

随着公主队在小组赛中表现日益出色,她们获得了越来越多的人喜欢,球迷队伍也在不断壮大。

看到公主队乘坐的大巴士,他们都摇着手中的旗子,兴奋地叫喊着:

"公主队,你们要赢!"

"公主队最棒!"

"我看好你们……"

公主队的队员们见到这么多支持者,都十分激动,隔着车窗玻璃,使劲地朝他们挥手。

去到球场,只见两万人的座位已经坐了七八成,仍见到不断有观众入场,看来公主杯女子足球赛越来越受人关注了。

放下携带的物品后,小岚便带着队员们去做热身运动。

足球是一项专业的高对抗性的运动,如果赛前不做热身,很容易造成肌肉或韧带的拉伤,严重的会导致抽筋或韧带断裂。

另外,赛前热身能帮助运动员熟悉踢球的场地条件以及适应比赛用球，让身体能进入良好的比赛状态。

在小岚的带领下，队员们先慢跑十分钟，然后进行无球热身，包括高抬腿、后踢腿、侧向踢腿等动作。之后，又进行一系列有球热身，包括脚尖触球、原地持球跳跃及弓步拉伸、绕球左右弹跳，等等。

每一项，小岚都要求队员们认真做好，以保证在比赛过程中少受伤。

看台上的公主队球迷见到自己喜欢的球员热身，都纷纷喊着她们的名字：

"小岚公主，你好棒！"

"茜茜公主，加油！"

"高娃公主，努力啊！"

"素姬、美姬……"

被喊到名字的队员都开心地朝球迷挥手。

那帮可爱的啦啦队队员依然叫得最欢，只是她们的队伍前面已经不见了那个扎着马尾辫的可爱小女孩。这令公主队的每个队员都分外心酸。

不过这也激发了她们要取胜的决心。因为她们都知道，娜娜的愿望是什么。

这时岭西大学协力队也出来热身了，协力队球迷不甘

示弱,也大声叫喊:

"协力队你最好!协力队你最厉害!"

公主队球迷就更大声地回应:

"公主队才是最好,公主队才最厉害!"

还没开赛,球场上就已经烽烟四起了。

半个小时后,双方球员热身完毕,回到了各自的更衣室。这时候,夜幕已经降临,球场顶棚上的大灯亮了起来。

利安看着排排坐等着他讲话的队员们,清了清嗓子,说:"战术安排之前已经跟你们说过,现在我就不再啰唆了,我等着你们胜利回来!"

"教练,你就在场边看着我们大显身手吧!"

"教练,等着捧杯吧!"

"教练,赢了这场,请我们吃饭!"

"教练,别脸红哦!"

队员叽叽喳喳地说着,弄得利安挺尴尬的。

小岚站起来,喊道:"嘿嘿嘿,别离题了。公主杯能不能重新夺回来今天的比赛很关键。赢了,我们就离胜利不远了。输了,就彻底和公主杯说再见了。我们成立公主足球队,我们用无数的休息时间艰苦训练,是为了什么?就是为了今天要赢,就是为了一雪所谓'公主病队'的耻辱,重返我们学校女足三连冠的辉煌时刻。大家有没有信心?"

"有!"队员们大声回答。

"嗯。"小岚满意地点点头。

战前动员完成后,差不多也到了比赛开始时间,双方队员站在球员通道中,等待着出场。

主裁判走过来,和两位队长握了握手,然后示意两支球队跟上,要出场了!

主持人逐个介绍队员名字,每提到一个名字,球迷便发出震天动地的喊声,用不同的鼓励语言为他们支持的队伍打气。

主裁判掷硬币,由两队队长进行猜边,赢了的可以先选上半场的进攻方向。结果小岚赢了,不过这时候是傍晚,又温暖无风,不存在太阳直射或顺逆风的问题,所以小岚就随便选了自己站的那半边场地。

一声哨响,比赛开始了。

比赛一开始,公主队就猛攻协力队的禁区,而协力队就稳守反击。负责中场防守的小岚是球队的核心,队员们拿到球都会马上找她,尽量把球传给她。

协力队因为知道小岚的厉害,所以有专门球员盯防。

不过小岚一点也不怕,她自有对付的办法。当茜茜把

公主足球队

足球传给她时,对方球员马上上去逼抢,小岚却直接把足球横着转移到了右边路,而当协力队的防守重心刚刚跟着调整到了边路时,右边路的司琴又紧跟着把足球大脚转移到了左边路。

左边路的茜茜把球漂亮地停下来,同样是没有多余的动作,用左脚推出了一记直传,胡追追追上足球,直接一脚传中!

球准确地找到了公主队候在禁区里的美姬,美姬高高跃起,头球攻门!

协力队守门员一跃而起,一手将足球托了出去!

"好球!"看台上不论是哪队的球迷都拼命鼓掌,都为这漂亮的进攻和漂亮的防守大声叫好!

协力队守门员朝着队友们大声喊叫:"回来!防守角球!别再给公主队机会!"

这时门前挤满了双方球员。小岚看了看,却没有走过去,她站在了角球区外,就在开球的茜茜旁边。

协力队球员看看小岚站的位置,以为茜茜会把足球传给她,再由她重新组织进攻,所以有两名协力队球员马上从禁区里跑了出来,向小岚跑去,着重对她进行盯防。

当主裁判一声哨响时,茜茜抬脚,把足球一踢。让协力队队员意想不到的是,她并未传给就在身边的小岚,而是直接传向门前!

协力队球员仓促防守,结果谁也没抢到球,让公主队胡追追甩头攻门!

足球从前点直飞球门后点,协力队守门员奋力跃起,但鞭长莫及,只能眼睁睁看着足球飞向自家球门。

看台上,公主队球迷已从座位上站了起来,高举双手准备为进球欢呼。但万万没有想到,足球撞在了门柱外侧,弹了出去!

"唉!"场上一片惋惜的声音。

胡追追懊恼得一拍脑袋。

小岚摸摸她脑袋,说:"没关系,继续努力!"

"嗯!"

公主队再次进攻。当球在小岚脚下时,协力队的两名球员毫不犹豫就扑了上来,伸脚就去抢球。小岚没让她们如愿,一脚把球扫到了左边路,交给茜茜。

看到茜茜接球,小岚没有停留,而是继续往前跑,跑到了禁区中央的旁边,打算接应茜茜。同时美姬也跑到了禁区边缘,做出接应的姿势。

而在同时,胡追追从后面高速插上,这样强势的前插,

给了协力队很大压力,她们要守胡追追所在的边路,同一时间还要防守拿到球的茜茜,以及从不同位置上来接应茜茜的小岚和美姬。

这时,小岚做了一个要球的手势,茜茜立刻把足球传给了她。

看到小岚接到球,协力队两名球员急忙逼了上来,二对一围堵小岚。但小岚是不会给她们机会围攻自己的,她把足球向前一踢,足球骨碌碌地从协力队两名球员中间钻了过去。

协力队球员去阻挠小岚,但小岚灵活地闪过了,跑过去用外脚背把足球给了旁边的茜茜,之后便直线往禁区里插。

协力队四号球员看出小岚要和茜茜打二过一配合,便马上放弃了一直盯着的美姬,扑向小岚。因为她认为茜茜一定会把球传给小岚,这样她就可以去断了这个球。

茜茜果然直接把足球传往禁区,但并没有把球传给小岚,她根本不是要和小岚打二过一,小岚的前插,从一开始就是个假动作!

足球被茜茜挑起来,高高地越过了协力队四号球员的头顶,落向小岚身后的美姬。

美姬用大腿把足球停住，附近的一名协力队队员见了，急忙从后面逼了上来，但美姬没等她跑到跟前，便起左脚转身抽射！足球像一颗出膛炮弹一样，直朝协力队的球门冲去。

因为距离很近，在距离球门不到十米的地方，协力队守门员根本来不及扑救，球砰的一声钻进了球网。

第 11 章
进军半决赛

"美姬美姬美姬……"

"公主队,必胜!公主队,必胜!"

呼喊声持续不断,响彻全场!

美姬高兴得热泪盈眶,她刚要高举双手庆祝胜利,就被跑过来的小岚抱住了:"美姬,你真了不起,你为公主队立大功了!"

美姬激动地说:"不,立大功的是你。这个进球的发起者和主导者都是你,是你的一连串动作,为我的进球制造了好机会。"

小岚正想说什么,就被茜茜搂住,接着是高娃、胡追追、素姬……女孩们激动地抱作一团，庆祝胜利。

教练利安也很激动地跑了过来，他很想跟女孩们一起庆祝，但挠了挠头，还是不好意思跟她们抱在一起，只好傻笑着又退了出去。

这时裁判吹哨，催促公主队队员们赶快就位，重新开战。小岚对队员说："领先一分仍有很大风险，大家努力，争取尽快再拿一分。"

"是！"队员们大声回应。

比赛重新开始。双方都在找对手的薄弱点，找机会进球，上半场即将结束时，公主队一个疏忽，结果让协力队的中锋一个远射，赢了一分。

一比一平。

"进球了！"协力队球迷发出震天动地的喊声。

公主队球员都呆住了，原先手中有一分，那是优势，现在打平，优势没有了。

随着协力队球迷欢庆进球得分的喊声，主裁判吹响了上半场结束的哨声。

公主队的球员无精打采地回到更衣室。她们东倒西歪地坐着，像一只只懒洋洋的小猫。

小岚见到大家沮丧的样子，拍拍手，说："哎哎哎，打

起精神,只不过是打平罢了,有什么好丧气的,不是还有下半场四十五分钟吗?我们再努力进球就是了。"

利安接过小岚的话,说:"小岚说得对。上半场大家表现不错,大家要加油!"

"对,只是打平而已,干吗这样不开心!"茜茜首先回应小岚和利安的话。

队员们想想也觉得有理,这才又坐直了身体,脸上也有了笑容。

"下半场,大家要吸取上半场的教训……"利安给大家重新布置下半场打法。

下半场开始了,双方队员都打得很精彩,两队的球门多次险些被破,但最后都只是一场虚惊。时间一分一秒地过去,直到打满九十分钟,两队仍保持一比一的比分。

裁判宣布加时,再打三十分钟。

场上的球员已经跑了九十分钟了,都已经很累了,现在还要再打三十分钟,大家都叫苦连天,但没法子,踢足球就是这样,跑不动也要跑。

九十分钟比赛和加时赛之间只有短短五分钟的休息时间,队员们都没有进更衣室,她们都坐在草地上,抓紧时间休息。

球迷们在比赛的艰难时刻给球员鼓劲：

"公主队，加油！"

"公主队非常棒！"

"坚持就是胜利！"

那支小啦啦队的声音在喊声中显得特别清脆，特别整齐：

"公主姐姐你最棒！公主姐姐你最行！"

"公主姐姐我爱你……"

虽然球场上双方球队的支持者各一半，但公主队的球迷喊得更起劲、更响亮。

"嘤——"

五分钟已过，加时赛开始了！

双方都已经在场上跑了九十分钟，体力都已经耗尽了，所有人都只能是尽力而为。

上半场十五分钟公主队采取防守方法，协力队一路进攻，都没办法进球，直到上半场结束，比分依然是一比一。

加时赛上下半场之间是没有休息的，双方直接交换场地，又再开打。

下半场协力队对公主队发动了连续的攻势，但最终失败了。公主队寻找各种机会想进球，也以一无所获告终。

就这样,直到三十分钟加时赛结束,记分牌上仍然是一比一。

双方在一百二十分钟的比赛中谁也无法战胜谁,裁判宣布进入互射十二码决战的环节。

互射十二码决胜是足球运动比赛规则之一,这是在淘汰赛中出现平局时,用来决定胜负的方法。做法是双方各自先确定好本队射十二码球的队员和出场顺序,然后通过掷硬币的方式决定由哪一方先射。比赛开始后,双方轮流射球,共射五轮,五轮结束之后累计进球数多的一方获胜。

这是一种很考验队员意志力的做法,稍有一点失误,前面所做的一切努力都会白费了。

利安抓紧时间选了负责射球的五名队员,给她们讲了注意事项,然后对守门的高娃说:"高娃,挡住协力队进攻的重任,交给你了,记住按我和小岚之前跟你说的去做。"

高娃有点犹豫:"真的行?"

小岚拍了她一下:"当然行。那是我和利安花了很多时间去琢磨,仔细研究对方每一个人的十二码球特点得出的结论。你只要按照我们跟你讲的去扑球就是了。"

这时裁判吹哨,让参与互射十二码的球员准备。

每队派出的五名球员,已经站了出来,公主队的是茜茜、司琴、胡追追、小岚和美姬,协力队是四号、三号、七号、八号和九号球员,每个人都打起十二分精神,准备给对方致命一踢。而双方的守门员也都严阵以待,准备把对手球员进攻的球一一扑出。

跟之前的拼命叫喊为自己支持的球队鼓劲不一样,这时全场寂静,球迷们连大气都不敢出,生怕影响球员的发挥。

第一个出场的人是公主队茜茜,茜茜面对协力队高大的守门员镇定自若,只听哨声一响,便跑前对着地上的足球,干脆利落地一脚踢去。协力队守门员没有挡住,球,从中路进网了。

协力队守门员双手抱头,懊恼万分。

公主队球迷欢声雷动。

轮到协力队了,首先射球的是四号球员。公主队守门员高娃有点紧张,她记得小岚告诉她四号球员习惯踢右下方,即是守门员的左下方。她定了定神,站在门前,缓缓张开了双臂,随时准备扑球。

四号球员听见哨声之后开始助跑、踢球,高娃在她踢球的瞬间便跃起往左边扑去,果然四号球员把球踢到了左边,被高娃准确地抱住了。

高娃乐得哈哈大笑,小岚和利安简直神了!

一比〇,公主队领先!对高娃准确地把球抱住,全场沸腾,欢呼声不断:"高娃,高娃……"

公主队第二个出场的是胡追追,看上去她有点紧张。她放好球后,犹豫了一下才起跑,起脚,射门!

协力队守门员一扑,没扑着,但球也没进网,它越过球门上方,飞到了看台的人堆里。

"哎呀!"公主队球迷看区里一片惋惜声。

比分仍然是一比〇。

协力队第二个出场的是三号球员,高娃按小岚的方法,扑对了方向,但却差一点点没拦住,球进了网。

场上比分一比一,双方队员都十分紧张。

公主队第三个出场的球员是司琴。她右脚抽射向球门左上角,协力队守门员没拦住,球擦着门柱飞进了球门!

协力队第三个踢十二码的人是七号球员。高娃按照小岚和利安给的妙招,扑中路,哈哈,果然把七号球员踢的球扑出了。

场上比分二比一,公主队球迷发出一阵欢呼。胜利的天平偏向了公主队。

接下来的第四轮,只要上场的小岚再进一球,而协力队球员没进,那比赛就将以公主队在互射十二码中三比一获胜，进军半决赛了。

小岚一走出来，看台上便沸腾了，人们都在大喊："小岚小岚小岚，进球进球进球！"

小岚自信地笑着朝看台上挥挥手，她助跑，起脚，球飞一般朝协力队球门飞去，守门员跃起拦截，没拦住，球砰的一声进网了！

"进球了——"

全场声浪滚滚。公主队球迷大喊："公主队，胜利！公主队，胜利！胜利，胜利，胜利……"

接下来压力都到了协力队八号球员身上，八号球员知道这一球很重要，明显地有点紧张，她定了定神，助跑，右脚抽射。可惜，球射偏了，没进网。

巨大的欢呼声，几乎震耳欲聋！第五轮已经不用踢了，公主队闯入了半决赛！

她们朝着公主杯又进了一大步！

公主队球员们激动地抱在一起，跳着，尖叫着。利安走了过去，站在一边笑嘻嘻地看着她们。

高娃抬头看见了利安，大喊道："帅哥教练来了！"

她朝利安跑去，一把抱住他："谢谢帅哥教练。帅哥教练辛苦了！"

"喂，喂喂……"利安被一个女孩这样抱着，不禁面红耳赤。

没想到好戏还在后头呢！

"谢谢帅哥教练！"茜茜跑过来把他抱住了。

"谢谢教练！"胡追追也跑了过来。

女孩们全跑来了，把利安包围在中间，有的拍他的脸，有的摸他的头发，有的抓他的手……

小岚叉着腰站在一边，看着利安被一群女孩抱住，满脸通红、头发散乱的狼狈样子，乐得哈哈大笑。

第 12 章
晓星的幸运手

公主队以顽强的斗志,打入了半决赛。

乌莎努尔传媒一连几天都以这件事做头条,公主队进入半决赛简直令人难以置信。大家认为小组出线都不可能的这支队伍,成了本届公主杯赛中最大的黑马……

除了公主队,进入四强的还有霸天队、超女队、小球星队。

这天,公主杯组委会发出通知,请四强队伍派出代表,到体育部国家体育总局参加抽签仪式。

利安收到通知后,叫上小岚一同前去。不过最后坐到小胖司机开的车上的,却多了死皮赖脸硬要跟着去凑热闹的一名公主队球员代表和一名支援队领队。这公主队球员代表和支援队领队是谁，相信不用明说了。

其实，为半决赛抽签，只须教练和一名队长到场便行，至于什么球员代表和支援队领队，纯粹是晓晴和晓星想看热闹，巧立名目"以表示公主队对抽签重视"硬跟着去的。

晓星一路很兴奋："我还没参加过这样的抽签呢！"

晓晴却不时地拿出小镜子照照妆容，又拉拉身上的公主队球衣，问身边的小岚："美不美？美不美？"

小岚没管她，晓星却大声说："美啊，不过是有味道的美。"

"什么是有味道的美？"晓晴问弟弟。

"臭美！"晓星朝姐姐扮了个鬼脸。

"作死！"晓晴大怒，伸手去打晓星。

在车子上晓星无路可逃，头上结结实实挨了一个炒栗子。

"小岚姐姐……"晓星委屈地摸着脑袋。

小岚可一点没给他好脸色："活该！"

"呜呜呜……"晓星唯有拿出撒手锏，装哭。

坐在副驾驶位的利安转过头，笑着摇了摇头。

小岚不理晓星，径自跟利安说话："利安，你觉得，我

们半决赛和哪个队打最理想?"

利安想了想,说:"其实三支队伍都成立很长时间了,基础扎实。霸天队是连续三年冠军,小球星队和超女队实力也很强,反而我们是较弱的一队,所以三队都不容轻视。但我认为跟超女队打,打赢的机会大一点。"

"嗯,希望等会儿抽签能抽到超女队。我们一步步来,争取先打入决赛……"小岚说。

说话间,车子已经驶到体育总局的大门口,小胖司机出示证件,门卫就放他们进去了。

抽签仪式在体育总局第一会议室举行,小岚和利安等人到达时,其他三支球队的代表已经到了,毫无意外,其他三支球队都只是教练和第一队长出席。

先到的人对公主队还来了什么球员代表和支援队代表都颇为奇怪,不时对晓晴、晓星投以狐疑的目光,只是那两个家伙都神经大条,一点都察觉不到。

小岚以公主身份出席活动时,都得做盛装打扮,化妆、做头发,身上公主服、头上钻石冠,言行举止也得稳重端庄。此时小岚却素面朝天,一身T恤牛仔裤球鞋,就像一个漂亮的邻家女孩,以至在座的人都没认出来,小岚就是那位集万千宠爱于一身的尊贵的公主殿下。

坐下不久，公主杯组委会负责人以及几名国家体育总局工作人员就进来了，另外还有国家公证处派出的两名公证员。

因为小岚早就通过万卡跟国家各部负责人打过招呼，除非是小岚以公主身份出席的各种活动，其他场合各部负责人不必向小岚行臣子之礼，只当她是一名普通的学生就行。所以公主杯组委会负责人也只是亲切地朝她点头致意，不会像在活动场合那样毕恭毕敬。

抽签开始了，除了霸天队认为这次一定所向无敌之外，其他三个队的代表都有点紧张。大家都希望抽到弱一点的对手，因为这样就能进入决赛，起码拿个亚军。但如果碰到强队，半决赛就输掉，那就只能收拾行李回家了，连前三名都没资格拿。

霸天队完全是一副有恃无恐的样子，好像公主杯奖杯早已是他们口袋中的东西。也难怪，她们已是连续三年的冠军得主了。

公证员检查过抽签箱，里面放有四个小球，两个红色、两个白色，抽到相同颜色的为半决赛双方对手。

"谁先来？"工作人员问。

"我、我！"晓星高举双手，他还朝小岚解释了一句，"我

来的时候很认真地洗过手了,一定能抽到满意的。"

小岚想装作不认识也不行了,只好狠狠地瞪了他一眼:"抽吧!"

"噢,太好了!"晓星跑到抽签箱面前,把右手放进箱里,嘴里小声嘀咕着,"天灵灵,地灵灵,保佑我心想事成……"

他猛地抽出一个球球,咦,红色的!

接着抽签的是超女队,那位一米八几的队长走到抽签箱前,伸手拿出一个球,啊,也是红的。

小岚和高个子队长互看一眼,眼睛差点刺的一声擦出电火花,半决赛中的对手啊,气势自不能输。

为公平起见,霸天队和小球星队把剩下的两个球也抽出来了,果然是两个白色小球。

"耶!"晓星得意地竖起两根手指。自己果然是一只幸运手啊,果然抽到了相对较弱的超女队。

小岚和利安笑了,他们互相交换了一下眼神,晓星这家伙还真有点小运气呢!

超女队的代表也同样感到庆幸,认为抽到公主队是拣到可以搓圆捏扁的软柿子了。

霸天队照例是一副毫不在乎的样子,抽到哪个队都无所谓。只有小球星队的人一脸颓丧,倒霉加悲哀啊,竟然抽到最强的霸天队，这回连进入决赛都没资格了。论实力她们肯定不如霸天队啊！

抽签结束，接着是开记者招待会。工作人员把四队代表带到早已布置好的会场，那里已等着一大帮传媒记者，一见到四队代表进来，都兴奋起来了。主办机构负责人首先宣布了抽签结果，记者听完便争着提问。

"请问公主队，你们有信心打赢超女队吗？"

小岚站了起来，说："超女队成立十多年，曾获得不少奖项，我们很尊敬这样的对手。但是，我们不怕这样的对手，公主队，就是为了战胜强者而存在的。我们有信心战胜她们。"

又有记者问："超女队，公主队有信心战胜你们，你们有什么回应？"

超女队的队长站了起来，她身高体壮，站在那里就像是力量的象征，她大声说："我们用胜利来回答！"

当记者问霸天队对小球星队的看法时，霸天队的队长莫邪果然不负"霸天"这个名字，说话特别嚣张："笑死人了，又没什么名气，竟敢自称'球星'！不过她们很快就会很有名了，因为她们将会是史上败得最惨的一支队伍！"

莫邪是世界首富的女儿，她那财大气粗的父亲打个喷

嚯全世界都要颤一颤。自小被宠坏了,她谁也不放在眼里。

小球星队自开赛以来成绩都排在前列,所以队长詹妮也一直自信满满、意气风发,这时却被莫邪的话打击得像只可怜的小羊,对莫邪的挑衅也回应得软弱无力,半决赛还没开始,但大家都觉得她们输定了。

第 13 章
我来过,我喜欢足球

第二天,各大传媒纷纷报道了公主杯的抽签结果和四支队伍的表态。

即将举行的半决赛,成了全城津津乐道的大新闻。有传媒还特意在街头采访市民,让他们预测哪两支球队会在半决赛中胜出。

"霸天队胜出是一定的,她们拿了三年冠军,实力很强。"

"我希望公主队赢。我可是公主迷哦!我想她们不但胜出半决赛,而且还赢得公主杯!"

"我觉得超女队能赢。公主队太弱了。之前能出线只不过是运气好……"

"本来也看好小球星队的,只是她们太倒霉了,半决赛遇上霸天队。如果她们跟公主队或者超女队打,应该可以进入决赛。"

总的来说,大家看好的都是霸天队和超女队。

也难怪,公主队只成立了那么一点点时间,有水平的队员不多,基本上比较好的都安排首发了,替补队员都是些只能看不能用的,要是首发队员出现受伤,那就基本上无人可用了。

小岚和利安其实也知道队里状况,但是学校里能找到的足球人才也只有这么多了,他们只能在不影响学习的情况下,抓紧时间来操练队伍,希望用密集的训练,来提高队员身体素质和技术水平。

这天下午,小岚带着公主队在球场上两人一组做长传训练,突然见到晓星在场边朝她招手。

小岚吩咐第二队长茜茜继续督促队员训练,自己揽着一个足球跑到场边。

"什么事?"

晓星眼睛红红的,难过地说:"刚接到娜娜爸爸打来的电话,娜娜……去世了。"

"什么?"小岚揽着的球砰的一下掉落地上。

球继续一下一下地蹦了开去,每一下都像个锤子一样,重重地敲在小岚心坎上,很痛很痛。她茫然地重复着晓星的话:"娜娜去世了?"

她真不敢相信,那个曾经活生生的、天真可爱的小女孩就这样没了。

她眼前像放电影一样,出现跟娜娜相处的一幕幕——

刚到乌莎努尔时,在欢迎公主回国的人群中,娜娜高举着写有"公主您好"四个大字的纸牌,真诚地欢迎自己;

当她和万卡哥哥发生误会,心灰意冷准备坐飞机离开乌莎努尔时,在飞机上娜娜恳切的挽留;

当娜娜找她,请求她延续师姐当年威风,重新组建女子足球队时,认真恳切的小模样;

当娜娜在看台上,指挥啦啦队为公主队打气加油、马尾巴一甩一甩十分努力的样子;

当她病发住院时,还表示对公主队获胜的希望,以及表达出想看到公主队拿公主杯的愿望……

这一切的一切,仿佛就在昨天。

虽然早些时候维尼大臣曾经打过电话给她,提到娜娜属于特别严重的病例,又因为发现太晚耽误了最佳治疗时间,恐怕情况不乐观。但她仍坚定地相信这么好的小女孩,

一定命不该绝。没想到，从病发到不治，竟然只是短短时间。

"小岚姐姐，你怎么了，别吓我！"直到晓星在拼命摇晃她的手，小岚才从恍惚中清醒过来。

"什么时候举办娜娜的……"小岚内心挣扎了一会儿，还是无法说出"葬礼"两个字。

实在很难令人相信，这两个字会同一个才六岁的孩子联系起来。

晓星知道小岚想问什么，他说："叔叔说了，娜娜的葬礼安排在后天。"

"知道了。"小岚低着头小声说，"告诉叔叔，公主队全体球员都会出席，请他把时间和地点告诉我们。"

晓星走了。小岚突然觉得浑身没有了力气，她走上看台，默默地坐了下来。

这看台上，从此再也不会出现那个活泼的小身影，再也听不到那把银铃般的鼓劲声音了。小岚觉得好难过好难过。

她默默地坐在那里，看着队员们训练，直到从极度的悲伤中挣扎出来。她站了起来，跑向队友们。赢下公主杯，就是对娜娜最好的悼念。

两天后，公主队全体队员去参加了娜娜的葬礼。

我来过，我喜欢足球

一棵枝繁叶茂的大树下，立着一块黑色的墓碑，生命才走过六个年头的小娜娜长眠在这里。

小岚擦干泪水，看向鲜花环绕着的墓碑，只见上面写着八个金色的字——我来过，我喜欢足球。

小岚的泪水又抑制不住哗哗地往下流，这是六岁的足球女孩的心声，小岚好像又看到了那个扎着马尾巴的小身影，好像听到了那稚嫩的声音：我好想赶快长大，像学姐她们那样，做个棒棒的足球队员。

小岚心中暗暗说：安息吧娜娜，你的愿望我们帮你完成，我们会努力成为棒棒的女子足球队员的。

当天下午，公主队全部人集中开战术会议。刚刚从娜娜的葬礼上回来，大家的心情都很不好。那个公主队最忠实的球迷和崇拜者，永远离开了她们，永远不会再找她们要签名，也永远不会再在足球场上为她们呐喊打气了。

见到女孩们情绪低落，小岚走到她们面前，说："记得娜娜病发入院那天，她很遗憾地跟我说，她不能到现场为我们喊加油了。她问我能不能像师姐们那样厉害，把公主杯拿回来。我不忍心让她失望，答应她了。娜娜当时很兴奋，她叮嘱我，得了冠军之后，把奖杯拿给她看。"

小岚越说声音越小，喉咙哽咽着，她叹了口气，又大

声说:"想想娜娜为公主队所做的一切,我们怎么可以让她失望?别人觉得我们会输,但我们就是要赢!一定要赢!像当年师姐那样勇敢顽强,把公主杯拿回来。"

"把公主杯拿回来!"十几个声音一齐激动地大喊。

每一副面容都流露出自信,每一双眼睛都饱含着坚强——她们喊出了下定决心去争取胜利的誓言。

小岚捏捏拳头,说:"好,我们就用胜利的消息去告慰娜娜在天之灵。"

见到大家又恢复了信心,利安满意地点点头,向大家宣读首发名单……

第14章
为小球迷默哀

公主队跟超女队的半决赛一战,在贝利球场进行。而另一组比赛,霸天队对小球星队,则在豪门球场进行。两组比赛同时开打。

当公主队球员走出通道时,球场上所有人的眼神都为之一黯,人们看到了队员们臂上缠着的黑纱。

最近几场球赛,看台上少了那个扎着俏皮的马尾巴的可爱小身影,这让许多人不习惯,他们纷纷打听,才知道那个忠实的公主队小球迷已经因病离开了这个世界。

明白这黑纱的含义后,坐了两万人的球场上,一下子寂静无声。不管是哪一方的球迷,都在心里痛悼那个喜欢

足球的孩子。

比赛主办方知道事情的因由后,提出在比赛前为小球迷默哀一分钟,得到了球场内所有人的赞同。

一声悲怆的哨声之后,全场开始默哀。人们都低着头,痛悼那个早逝的可爱女孩,并祝愿她在天国里幸福快乐,再也不会受疾病折磨。

直到默哀完毕,球赛开始的哨声吹响,人们才从哀伤中清醒过来。

比赛一开始,公主队就按照利安的安排,开场便采取防守方式,使超女队无法靠近,而超女队则频频向公主队的左边路进击,打边后卫插上之后的空当,用这方法直接威胁公主队球门。她们的想法是即使不成功,也可以使公主队的两个边后卫来回冲刺,消耗体力,无法坚持打完全场。

看到超女队的三号后卫拿到了球,司琴马上冲去抢截,而另一名公主队边后卫鲍莉也转身飞奔回去防守。

开赛后十多分钟,双方一直没有进球,只是拼抢相当激烈,双方球门也好几次差点失守。

十八分钟后,公主队在小岚的指挥下开始加大攻击力度,队员通过两个边路,向超女队发起进攻,足球多次直奔球门,不过都被超女队门将拦下。

之后公主队又发起新一轮进攻,司琴接到小岚传球,强行突破对方球员拦截,起脚射门,没想到被超女队守门员扑出。

球被超女队截得,她们趁机反击,三号中场一个远射,高娃见了急忙跑去扑救,但球擦着她的指尖,嗖的一下进了网。

"进球了!"

"超女超女,天下无敌!"

看台上超女队球迷疯狂呼喊,庆祝进球。而公主队球迷却默默无声,他们都难以接受超女队进球。

公主队员们也都一脸颓丧,备受打击。

"嘿,别发呆了!"小岚跑去拍了茜茜一下,又对其他队员喊道,"大家打起精神,比赛还有五十多分钟呢,赢回来就是!"

球赛重新开始,超女队又再策划攻击。她们的进攻遭到了小岚以及其他人的顽强阻截,无法向前推进。

公主队又慢慢拿回了比赛的主动权,开始策动更有威胁的进攻。

小岚冷静地观察场上形势,上半场第四十三分钟,终于让她抓住了机会,她后场发动长传,前锋美姬头球摆渡

把球给了中场茜茜,然后转身向里跑,茜茜往边路带球,再传中,美姬中路拿球,半转身扫射,砰的一声,足球从超女队门将的两腿之间钻了进去。

"球进了——"

哄的一声,看台上的公主队球迷爆发出巨大的欢呼声:

"美姬!美姬!美姬!美姬!……"

"公主队最棒,公主队最强……"

"公主万岁!"

场上的球员飞跑奔向美姬,把她抱住,庆祝进球。

一比一,公主队终于挽回一球。

正在这时,四十五分钟比赛时间到了,裁判吹哨,宣布上半场结束。

"打平并不是胜利,大家要继续努力。"更衣室里,利安提醒队员们,"下半场对手会更积极进攻,我们按既定方法打,不要急着压出去和她们对攻,对方的实力比我们强,我们要先消耗她们体力,再伺机进攻……"

下半场开始之后,超女队多次进攻,气势完全压制住了公主队,公主队逐渐落入下风。

一次成功的传球之后,超女队二号前锋来了一脚轻巧的吊射!

为小球迷默哀

高娃面对着从她头顶高高飞过的足球毫无办法，只能扭头眼睁睁看着足球坠入身后的球门。

全场轰动！超女队球迷拼命高呼二号前锋的名字，而公主队球迷却沮丧万分。

二比一，公主队危险了！

小岚朝队员握握拳头："离比赛结束还有十五分钟，我们还有机会。泄气必定输，敢拼才会赢，为了胜利，加油！"

"是！"公主队员们大声回应。

一次机会美姬拿到了球，她晃过了对方球员，正对球门！

"美姬加油！美姬加油……"

看台上发出了巨大的呐喊声，球迷们眼看美姬很可能为公主队赢得一分，那就可以走出目前的险境了！

超女队八号中后卫急忙冲上去，企图封住美姬射门的角度，争取时间等其他队友上来围抢。美姬当然不可能如她意，她灵巧地闪避着，从八号身边跑过。没想到八号见无法拦住美姬，便伸脚一绊。美姬猝不及防跌倒了，滚落地上。

"犯规！犯规！……"看台上的公主队球迷愤怒地大喊起来。

裁判吹响暂停的哨声,然后朝这边走过来了,同时手插进了胸前的口袋……

人们明白,这个动作,是要掏黄牌了。

黄牌是指裁判在足球比赛中,对犯规球员做出警告的一个工具。球员如果收到两张黄牌,就会被罚下场。

超女队八号球员顿时脸色大变。

可令所有人震惊的是,裁判没有走向八号球员,而是在美姬面前一站,然后把掏出的黄牌高高举起。

第15章
裁判的错误

刚刚被队友扶起来的美姬愣住了,其他人也都瞠目结舌,整个球场一片死寂,人们不敢相信自己的眼睛。

几秒后,球场里才发出了巨大的嘘声。

裁判竟然认为美姬是假摔!在足球场上,借假摔来博取罚球是要被罚黄牌的。

美姬这时清醒过来了,她瞳孔瞬间放大了,她冲着裁判尖叫着:"你错了!我不是假摔!我没有假摔!明明是八号故意伸脚把我绊倒的!是八号犯规!"

可是,球场上裁判的判定大于天,任何人都无法改变,发出的罚牌是不会收回的。裁判冷冷地盯着美姬,把黄牌

公主足球队

举得更高。

公主队的球员全围了上来，小岚抱着痛哭的美姬，朝裁判愤怒地说："罚牌的目的是惩罚犯规的人，是用来维持足球场上的公平公正。可是，你到底做了些什么？所有人都看到了事情发生的真相，就你看不见！"

裁判不为所动，仍坚持原判。

足球比赛中，裁判的罚牌一旦抽出就从没有收回的，哪怕真的是裁判没看清楚错判了。被错判的一方赛后可以

裁判的错误

投诉，但结果已无法改变了。

所以，碰到错判，不管被冤枉的一方怎样愤怒、力争，也改变不了什么。

历史上，足球场上也曾出现过不少错判，其中著名的就是马拉多纳的"上帝之手"。

一九八六年六月二十二日，在墨西哥世界杯八强赛阿根廷对阵英格兰的赛事中，比赛进行到五十一分钟时，阿根廷球员马拉多纳在禁区内试图头球攻门，但因为他一米六八的个子够不到球，情急之下马拉多纳用手将球托入了球门内。足球规则，除了守门员，任何球员都不得有意用手触碰足球，马拉多纳这个举动毫无疑问属于犯规。但令人震惊的是，裁判却打了一个进球有效的手势，酿成了世界杯足球赛历史上令人震惊的错案。

这时，一直和利安站在场边的晓星实在忍不住了。之前超女队八号球员绊倒美姬的情景他看得清清楚楚，当裁判宣布给美姬黄牌时他简直傻了，一直愣在那里，此时见到高举黄牌一脸傲气的裁判，实在忍不住了。

他冲到球场上，指着裁判喊道："你有什么资格当裁判？这么明显的绊人都可以看错！你的眼睛是用来喘气的还是吃饭的？还是根本被狗叼走了？"

美姬也呜呜哭着,指着裁判叫道:"晓星说得对。这个人没资格站在裁判席上!"

那裁判死死地盯住晓星和美姬,然后猛地从口袋里又抽出一张黄牌,高高举起。

"你这个坏人……"晓星朝裁判冲去,被几个队员拉住了。

两张黄牌,美姬要被罚下场了!国际足联规定,辱骂裁判,是会收到黄牌的。

正在哭叫的美姬突然住了声,她用无法相信的目光看着裁判,然后用一种平静得可怕的神情,向场边走去。走了一半,她突然扑通一声跪在草地上,放声大哭,边哭边叫:"娜娜,对不起!我没法完成你的愿望了。我对不起你,对不起你!"

阴云密布的天空下,空旷的绿茵草地上,跪着一个悲伤的女孩,这情景让人格外揪心。全场肃静无声,有的人哭了,有的人脸色黯然,连那个傲慢的裁判也低下了头,脸色灰败。

事情发生后,一直跟第四裁判咆哮抗议的利安,扔下了一句:"我们会向国家足联投诉的!"

利安快步走向美姬,把她扶起来,带回了更衣室。

裁判的错误

比赛继续着,还有不到十分钟就结束九十分钟的比赛了,场上比分是一比二,超女队比公主队超前一分。

双方队员都沉浸在刚才的不愉快事件中,公主队的失望和愤怒,超女队的尴尬和忐忑,大家都无心打球。

幸好小岚很快从沮丧中清醒过来,意识到如果她们再不奋起直追,她们就会以一比二输掉这场球赛,与公主杯无缘了。

小岚大喊一声:"姐妹们,我们没有沮丧的权利,我们要坚强,娜娜在等着我们胜利的消息。"

小岚的话惊醒了大家,队员们振作起来。努力终于得到了回报,小岚一脚精妙的传球,被素姬接住,素姬头球顶向了超女队球门。

当球快要掉入门里的时候,被超女队门将把球勾了出来,正好落在了小岚的面前!

小岚毫不犹豫地将球用肩膀一垫,绕过了对方球员的防守,再用头将球向前一垫,然后大脚踢出……

球高高地向对方的球门飞去,整个球场一片静寂,所有人的眼睛都盯着在空中飞行的足球。

砰的一声,球终于落了下来,掉在距离超女队球门几米远的地方,然后向前一弹,缓缓地向球门滚去。

守门员见了急忙上前想把球铲出,没想到球没踢着,自己却啪的一声跌倒了。她来不及爬起来,只好眼巴巴地看着球继续向前滚。

球,滚呀滚呀,正好压在球门线上,停了下来。

守门员心中狂喜,马上起身扑过去,想用手把球拍出去,没想到这时球竟然神奇地又再动了一下,骨碌碌停在了门线以内!

这奇特的一幕,令所有人都感到不可思议,场上罕有地发生了射门成功而没有欢呼声的情景。

"进球——"过了一会儿,人们才发出了欢呼声。

二比二!公主队反败为打平,有希望取胜了!

欢声雷动,公主队的球迷们简直疯了!

公主队队员们抱作一团,泪流满面,连坐在替补席上的美姬都跑了进去,和队友们搂在一起。场外的利安、晓星还有替补队员,全都激动得眼含泪花。

还以为山穷水尽,没想到现在又柳暗花明。

谁也没察觉到,裁判呆板的脸上竟然出现了一闪而过的欣慰的笑容。

比赛到了九十分钟,裁判宣布接下来有八分钟伤停补时。

裁判的错误

小岚说:"超女队队员的体力普遍比我们好,如果进入加时赛,再踢三十分钟,我们肯定拼不过她们。所以我们最理想的就是在这八分钟里拿分。大家加油!"

补时开始,超女队在后场不停地在本队球员之间来回传球,她们在有意拖延时间,因为她们很了解公主队的情况,公主队的体力无法再跟她们拼加时。

但她们的如意算盘很快被打破,公主队球员冲上来抢球,场上一片混乱。

场上计时器在一秒一秒地跳动着,离伤停补时八分钟结束时间只剩下一分多钟了,超女队队员个个面露喜色,要拼加时了,这下子那些千金公主的噩梦来了,这场半决赛她们几乎可以说是赢定了。

而公主队的女孩子们已经感到绝望了,九十分钟的场上奔跑,已几乎耗尽了她们的力气,加时她们绝对拼不过高大健壮的超女队队员。

只有小岚没有放弃,她仍然在寻找机会。这时超女队一名中场球员一个不小心,球被小岚断下,小岚立即把球踢向前场,这时超女队的中后卫十号,和公主队前锋素姬同时冲往足球落地点,素姬首先跑到,用脚弓把还在空中的球向前一弹。

超女队守门员急忙跃起扑球,没有扑到,足球从她身侧嗖的一下飞进了球门里。

而几乎在同时,场上计时的电子钟刚好停在八分钟处,补时结束。

最后一秒钟,公主队进了一球,赢了超女队,拿到了决赛权!

在震天动地的欢呼中,小岚仰望长空,把紧握着的双拳举向空中,用尽全力喊了声:"我们赢了!"

场边的利安、晓星,还有替补队员们欢叫着冲入了球场。大家抱作一团,又哭又笑。

这是梦吗?我们公主队,打入决赛了!

"公主公主公主公主……"球迷们整齐地喊着,他们都为自己坚韧、顽强的偶像而感到骄傲。

退场时,超女队那位高大的队长握着小岚的手,由衷地说:"恭喜你们。你们令我刮目相看。"

小岚说:"谢谢!你们也很优秀。"

第16章
输了吃手机

小组赛已不被看好的公主队,竟然过关斩将,一直杀到决赛。消息传回宇宙菁英学院,整个校园都沸腾了。小学部、中学部、大学部,学生、教职员工,全都意气风发,每个人走起路来都腰杆挺直,特别精神振奋的样子。

十年前那支了不起的女子足球队又回来了。看我们的女足英姿飒爽,就像早晨的骄阳般亮眼。哼,谁再敢说我们学校的学生是"病坏书生"!

对一周后的那场决赛,大家都充满期待和希望,不管是老师,还是学生,都已经开始组织队伍,要去比赛现场给公主队打气。

第二天一早,全国报纸的头条几乎全是公主足球队打入决赛的消息。

其中有条特别吸引眼球的大标题:十年宿敌碰头,究竟鹿死谁手?

咦,原来,多年前三连冠的宇宙菁英女子足球队,就是在"换血"之后败在这支霸天足球队手下的。这让公主队这次比赛又多了一层意义——为师姐们报一箭之仇!

传媒把两队进行了比较,得出结论是完全不看好公主队。公主队刚成立几个月,霸天队已有多年历史,而且已连续三年荣获公主杯赛冠军;

公主队队员是临时拼凑,队员之前大多没接受过系统的培训,而霸天队球员都是自小培养,接受过最专业的足球训练;

公主队基本上没有什么特别资源,场地和器械都是利用学校现有的,而霸天队则由多名顶级富豪赞助几千万,建立专门的训练场地,请最专业的教练,甚至她们的每日餐单都是由营养师专门拟定的。

真是不比不知道,一比吓一跳,两队完全没有可比性,形势是一面倒啊!

公主队却不理会那么多,打进决赛,已经给她们极大的鼓舞,面对许多的不如人,她们一点也没有泄气,只是在利安和小岚的带领下,进行更高强度的训练,在教练的指导下进行各种战术的适应,她们只有一个念头:要赢!

决赛的前一天,公主杯决赛主办机构举行新闻发布会。

六十多名记者挤在一间只能容纳四十来人的小会议室里,等待主角的到来。

到了预定时间,在公主杯组委会负责人带领下,公主队的教练利安、队长马小岚,还有霸天队的教练朱可夫、队长莫邪出席了招待会。

负责人宣布了第二天的决赛地点及时间后,主持人宣布接下来是问答时间。

主持人指了指一名手举得高高的年轻记者。那记者很高兴,急忙站起来,说:"请问公主队,你们的师姐当年惨败给霸天队,会不会令你们对明天的对决有心理阴影?会不会产生恐惧?"

小岚回答说:"不会。面对强手只会激发我们更大的勇气。"

又一名记者问:"请问霸天队,你们可以预测一下明天比赛的结果吗?"

霸天队的队长莫邪是个一米七五左右的女孩,她一脸

的不屑:"一群娇滴滴的公主病,简直不堪一击!当年我们的前辈以三比一打败她们的师姐,今天我们就以三比〇战胜她们。"

小岚听了大大地哼了一声:"足球是靠踢的,不是靠吹的,小心牛皮吹破了。明天球场上见吧!"

莫邪说:"输了别哭鼻子哟!"

小岚说:"哼,小心你们自己吧!"

"不如我们俩来打个赌?"

"赌什么?"

"输了吃手机!"

"不行!"抢在小岚表态前说话的是那位负责人。

负责人是知道小岚身份的呀,万一公主队真的输了怎么办,真的让尊贵的公主殿下吃手机吗?万卡国王不把他这个负责人剁了才怪。

"赌就赌!"可惜公主殿下一点都不领他的情,竟然答应了。

哄的一声,会议室里马上炸了,记者们像吃了兴奋剂一样激动,世界首富的女儿跟尊贵的公主打赌,真是一则爆炸新闻啊!而且,输掉比赛的那个要吃、手、机!

主持人还没宣布新闻发布会结束,记者们就嗖的一下全跑了。赶快回去发消息!

当传媒把新闻发布会的情况报道出来时,公主队队员们正在召开战术会议,看到莫邪那嚣张的挑战,大家都很生气,但也很为小岚担心。

茜茜皱着眉头看着小岚:"小岚,你怎么可以跟那个嚣张女打赌呢,万一……万一我们输了怎么办?"

晓晴也说:"那个家伙可不是善良人啊,她会真的逼你吃手机的!"

"是呀是呀,小岚不可以跟她打赌。"女孩子们都在附和。

只有晓星最乐观:"嘿,我小岚姐姐是天下事难不倒的,大家别担心那么多。即使输了也不怕,嗯,我有个好主意。"

"什么主意,晓星快说。"所有人都洗耳静听。

晓星拍拍胸口说:"如果我们输了,顶多我替小岚姐姐把手机吃掉。"

"哇,晓星好有绅士风度哦!"

"嘻嘻,当然!"

"晓星,我觉得你今天特别高大!"

"嘻嘻,本来就是嘛!"

"晓星,你真的会吃手机?"

"假的。"

"啊,你这个小坏蛋!"

"因为根本不会出现这种情况。公主队是不会输的!"晓星一本正经地说。

正想出手揍人的姐姐们都住了手,对小坏蛋的信任很感动。

"真的,我相信姐姐们会赢。这也是所有支持公主队的球迷的想法。"晓星脸上露出从未有过的郑重。

小岚笑着说:"好啊,就冲着这份信任,明天我们就要赢!"

"要赢!"队员们异口同声地应道。

"好!"利安拍拍手,说,"那我们谈谈明天的打法……"利安指点着小黑板,给队员们详细说着战术。

其实该说的早在日常训练中重复许多遍了,利安还是不厌其烦,叮嘱着女孩子们:"……霸天队是一支技术很全面的球队,每当她们丢了球之后,都会马上有几个人来逼抢夹防。所以,我们处理脚下的球时,不能犹豫,一定要果断……霸天队因为开赛以来从没输过,她们必然骄傲和轻敌。在她们眼中,我们一定是不堪一击的,这点对我们有利。我们就强给她们看,打她们个措手不及……"

"在足球比赛中,每一个细节都有可能影响比赛的最终结果，所以我们每个队员都要要求自己做到最好。因为有时候我们球员的一个即兴发挥都有可能使比赛取得胜利，但也有可能因一个球员的失误导致一败涂地。"利安停了停，又一脸严肃地说，"最后，我郑重地提出一个要求，就是各位保护好自己，不能受伤。我们队的板凳不够深，替补力量不足，每场比赛都全靠主力球员透支自己的体力坚持到最后。所以，我们每个首发队员都要好好保护自己，如果在比赛中受伤，基本是下场一个就少一个，那么我们要取得胜利就更难了……"

茜茜拍拍胸口说："教练请放心，我们会尽量保护好自己，不让自己受伤的。"

"是呀是呀！"其他队员异口同声地回应着。

公主队开战术会议的时候，霸天队也在另一个地方听她们教练布置明天决赛的打法。不过，那些骄傲的队员一个个都听得很不耐烦。

莫邪说："哎呀，老伯，不用说得这么详细了吧！明天战胜公主队，我们可以说是十拿九稳。不，是十拿十稳。我们一只小手指，就能捏死她们。"

她们的老教练皱皱眉头，说："我劝你们别那么轻敌，公主队最近两场比赛进步很大，你们不要掉以轻心。"

莫邪冷哼一声："你少担心！我说教练，你到底是哪一队的？怎么老说这些长他人志气、扰乱军心的话。早知道就不请你当教练了！"

"是呀是呀，我们已经是连续三年的冠军了，难道就打不赢那群公主病？！"

"就是嘛！教练你少操心。"

莫邪又用她的"毒舌"来了一句："我说老伯，足球这种跳跳蹦蹦的事不适合你的，还是回家抱孙子去吧！"

"你！"六十出头的教练气得霍地站了起来，一拂衣袖，怒气冲冲地走了。

"切，要走就走好了，不稀罕！最好明天也别来。"莫邪撇撇嘴，又哼了一声，"什么破公主，就是女王我也不怕！让那帮公主病见鬼去。马小岚，等着吃手机吧！"

第 17 章
国王驾到

决赛日到了。

下午两点，队员们回学校集合，准备坐旅游巴士前往云端大球场。全国学界女子足球公主杯决赛将在这座闻名遐迩的足球场举行。

队员们刚踏入学校大门，就被校园里的热闹气氛惊呆了。平日的星期六，学校里都是冷冷清清人影也没一个，现在人头攒动的，仿佛全校的师生都跑来了。不，好像比全校师生人数还多出一些。

不时听到有人大喊：

"啦啦队的小伙伴们，快来拿花球。"

"嘿嘿，小学部的同学，来老师这里集中！"

"中学部的到齐了没有？别磨蹭了，集合集合！"

"大学部的，东西带齐了吗？"

"家长联会的女士们先生们，来这里领旗子！"

"……"

哇！原来全是准备去球场为公主队加油的老师和学生，还有学生家长。他们全都穿着跟公主队球衣同色的粉红色运动服，有的拿着粉红色彩纸扎成的花球，有的拿写有鼓励公主队加油句子的粉红色旗子或纸牌，有的几个人合抱着一大卷粉红色横幅，有的干脆在脸上贴上了有公主队标志的粉红色贴纸。

队员们知道学校里很多人支持她们，但没想到这么多，连家长都来了。真是太令人感动了！

师生和家长见到公主队队员们，都热情地朝她们挥手，还大声喊着：

"公主队，加油！"

"公主队，我们永远支持你！"

队员们也朝他们挥手回应："谢谢！谢谢！"

直到利安看到时间差不多了，催促她们赶紧上车，她们才意犹未尽地登车前往大球场。

一路上球员们都很兴奋，但同时也很紧张，毕竟是即将面对一支强队啊！

支援队队长晓星"临危受命"，为姐姐们纾缓情绪。

"哈哈哈，给你们讲一个很好笑的有关足球的笑话。哈哈哈……"晓星未讲先笑，显得有点傻乎乎的，"这是真事哟！话说一九三五年，德国柏林举行了一场足球赛。那是一个雨夜，两支球队正打得难分难解，有一名球员朝对方球门来了一脚技惊四座的世界波，没想到刚好鞋带松脱，他的球鞋和足球一齐飞向对方大门。在瓢泼大雨中，守门员依稀见到飞来两件东西，慌忙中只好接住其中之一，没想到接到后一看，竟然是一只球鞋，而那个足球呢，早已堕入球网。哈哈哈哈……"

不过，他卖力的表演只博得姐姐们微微一笑。

笑得不够开怀哦，给姐姐们再讲一个。晓星继续说："话说第五届世界杯足球赛，乌拉圭和匈牙利打半决赛，上半场乌拉圭〇比二落后，到了下半场渐入佳境，情况有所好转。球员赫柏格首先在下半场第十五分钟打进一球，又在临近比赛结束的时候再进一球，局势扭转，乌拉圭由败局转入平局。本来以为必败的乌拉圭球员激动万分，在赫柏格第二次进球时纷纷围上来，对赫柏格又捶又打表示祝贺，

没想到太用力了，竟然把赫柏格打晕在地，最后被救护车送去医院。哈哈哈，笑死我了……"

笑了半天，才发现姐姐们不但没笑，反而一脸鄙视地看着他。怎么啦？

晓晴撇撇嘴："哼，人家被打晕你还笑，没同情心！"

呜呜，姐姐们真难侍候！

幸好车子快到云端大球场了。

从远处看，能容纳七万五千人的云端大球场像一艘巨大的橡皮艇，白色椭圆体之外包裹着许多泡泡般的透明菱形膜，在阳光下闪烁生光，给人魔幻般的感觉。在夜间，它还会用灯光打出多种颜色，几公里外都可以看到呢！

晓星拍着手说："好漂亮啊，没想到我有机会来这里打球，真是好兴奋！"

晓晴又跟她弟弟斗嘴了："打球？你是公主队球员吗？请问你穿几号球衣的？哼，不害臊！"

晓星说："我是支援队队长，负责后勤，没有我准备好吃好喝的，球员就打不好球。所以说，军功章里有我的一半，我没有打球，胜似打球。"

晓晴说："歪理！"

晓星说："哼，你才歪理呢！你虽然穿着十三号球衣，但你上过场吗？你为公主队做过贡献吗？"

"你你你！"晓晴气得满脸通红，因为她真的没上过场呢，"说不定我今天就能上场，还进了球呢！"

"哇，做梦还做得挺美的。"晓星朝他姐姐挤眉弄眼的。

"到了，下车吧！"利安的喊声打断了他们的斗嘴。

两人下车后还想继续"战斗"，却被骤然响起的喊声吓了一跳："公主队，加油！公主队，一定赢！……"

哇，好多人啊！

门口左右两边都站满了人，但很明显穿粉红衣的一边是支持公主队的，穿蓝衣的一边是支持霸天队的，两边的人数都差不多，正在喊叫的是公主队的球迷。

许多球迷想冲过来跟球员握手，但被排成人墙的护卫员拦住了，他们只好隔着护卫员朝公主队的球员们招手。

公主队球员也都微笑着朝球迷们挥手，然后从特别通道走进了球场。

小岚带着队员出去热身。而在球场另一边热身的，是霸天队的球员。

这时，来自全国各地的媒体已经涌了进来，他们在球场周围架起了摄像机、照相机，有的已经开始拍两队球员的热身运动。

看台上，观众也开始进场了，见到自己喜爱的球队在热身，他们都热情地挥手，喊着她们的名字。被叫到名字的球员也挥手回应着。

为了防止双方球迷发生争执，所以看台分成了红区和蓝区，红区是给公主队球迷坐的，蓝区是给霸天队球迷坐的。双方球迷都在自己区域内，挂上了支持球队的大幅标语。红区内宇宙菁英学院那一块，啦啦队的小女孩一进场便教球迷哥哥姐姐、叔叔伯伯们唱歌，那首歌借用一首耳熟能详的儿歌曲谱，再填上简单的词，所以观众很快学会了，红区内响起了一片整齐的歌声：

"公主公主，最厉害的公主。公主公主，天下无敌的公主。困难，公主才不怕；对手，公主打哭她。打打打，打打打，像打蟑螂一样把她们打趴下！霸天队，赶快逃跑吧，各回各家，各找各妈……"

听着几万个声音一齐唱着这首曲子很低幼、歌词很搞笑的歌，公主队的球员都笑翻了。而另一边正在热身的霸天队队员却一个个气得要死，跑到宇宙菁英学院的看台下，朝唱歌的球迷挥拳头。她们的教练跑出来，好说歹说把她们劝回去热身了。

小岚见时间差不多了，便招呼队员返回更衣室。

换下热身时被汗水打湿的衣服,队员们换上了一身新的干爽的球衣,准备出场了。

"姐姐们一定口渴了,喝点水吧!"晓星贴心地拿来了矿泉水,一人一瓶分发着,又说,"我已经买了很多好吃的,中场休息时给姐姐们补充能量。"

"这个支援队队长,不错哦!"小岚边喝水,边拉了拉晓星的耳朵。

"嘻嘻,那是不是等于说,军功章里也有我的一半呢?"晓星边说边拿眼睛瞟着晓晴。

这家伙还记着之前在车上和姐姐斗嘴的事。

"哼!"晓晴恨得牙痒痒的。

"郎校长,您怎么来了?"小岚突然惊喜地喊了起来。

"呵呵呵,小家伙们,我是来给你们打气的呀!"郎校长笑容满面地说。

"谢谢校长!"女孩们叽叽喳喳地说。

小岚说:"校长给我们说两句鼓励的话吧!"

"正有此意。"郎校长走到更衣室中间,看着一张张年轻的朝气蓬勃的脸,说道,"几个月前,当公主队成立的时候,我还当是一群小娃娃闹着玩的。没想到,你们竟然能够在小组出线,竟然打进半决赛,打进决赛,你们称得上

是奇迹创造者。十年前，我为我们的女子足球队感到骄傲，今天，我为我们的公主足球队感到骄傲。我相信，你们将会继续创造奇迹，你们一定会比师姐们更优秀、更厉害！"

球员们拼命鼓掌，校长的话，让每个人的眼睛更亮，更充满信心。

"谢谢校长，我们一定不辜负您的期望！"小岚说出了队员们的心声。

"要出场了！"利安在更衣室门口叫道。

"是！"女孩们大声应着，放下手里的矿泉水，一个个摩拳擦掌的，准备迎接即将到来的一场大战。

"走！"小岚喊了一声，队员们跟在她后面走出更衣室，站在球员通道，等待出场。

在她们身后，是老校长欣慰的笑脸。

这时候，听到主持人大声说："女士们先生们，欢迎大家观看今天一场最激烈的决赛。今天对决的两支队伍，霸天队已有多年历史，实力雄厚，曾捧过三次公主杯。十年前霸天队曾经打败了宇宙菁英女子足球队，夺走了她们的公主杯，她们今天能否再创高峰，能否击败新一代的宇宙菁英公主足球队，拿下今年的公主杯呢？而公主队，是今年才成立的新生球队，从一开始的弱势到越战越强，一路杀到决赛，实力不容忽视。今天，她们究竟能不能重振她们师姐的威风，替她们的师姐一雪前耻，打败霸天队，拿到久违多年的公主杯呢？这些都决定了今天这场决战一定万分精彩和紧张，请大家拭目以待。"

主持人话音刚落，看台上就爆发了惊雷一样的喊声：

"公主队，必胜！"

"霸天队，必胜！"

等声音小了点，主持人又大声宣布："下面，让我们以热烈的掌声，欢迎五位尊贵的国王陛下。他们的莅临，必定使今天的决赛更为精彩。"

"哇……"球场里马上沸腾起来了，有五位国王来观看一场比赛，恐怕是有史以来第一次吧！

一束光打向贵宾通道门口，主持人喊道："神马国国王沙沙迪洼驾到！"

掌声——

"萝莉国国王卡洼义驾到！"

掌声——

"胡鲁国玛丽女王驾到！"

掌声——

"胡陶国国王阿齐齐驾到！"

掌声——

"最后，是我们最尊敬的乌莎努尔国王，万卡陛下驾到……"

热烈的掌声和欢呼声、尖叫声……

晓星朝看台上送飞吻："哇，万卡哥哥来了！万卡哥哥，我在这里！"

晓晴抬头望向站在高处向人们招手的万卡，眼冒粉红心心："小岚，万卡哥哥真帅啊！"

小岚翻翻白眼："花痴女。"

不过等她往高处瞧了一眼以后，也忍不住在心里嘀咕："万卡哥哥可不可以不那么帅！"

直到万卡国王帅帅地走进了足球场的VIP厢房，球场里的欢呼声才慢慢平息。

第18章
霸天队的犯规战术

当双方球员走出球员通道的时候,现场响起了巨大的欢呼声。现场广播开始介绍双方的首发十一人,每叫出一个名字都会引来球迷们的尖叫声。

在欢呼声中,小岚带领着队员站在了绿茵场上,裁判站在中间,另一边是霸天队的队员。媒体上前咔嚓咔嚓地拍照。

之后双方球员握手,又各自散开,小岚和对方球队队长莫邪互相交换了队旗,然后主裁判掷银币,决定哪一方取得选场地权和开球权。

莫邪赢了,拿了选场地权,而小岚拿到了开球权。

双方球员按照各自的阵形站好，等待比赛开始。

主裁判开始对时。

万众期待，球场上一片寂静，大家都在等待球赛开始的哨声。

裁判看时间已到，他看看场上球员已准备好，便用力吹响了哨子："嚯——"

比赛开始了。

开球之后，美姬把足球向前磕，素姬转身再把足球传给了小岚。

从球队进场后就一直盯着他的队员们的霸天队教练，见到比赛顺利开始，才松了一口气。这认真负责的老教练总担心这帮被宠坏了的女孩子会做出什么神憎鬼怨的事情，见到她们除了一脸傲气之外还算守规矩，才放了点心。

他这才发现自己有点口干舌燥，从早上集合到比赛开始，他苦口婆心地对队员们叮嘱了很多，现在才发现自己连一口水也没喝过。于是，他转身在座位后面的纸箱子里拿了一瓶矿泉水，打开盖子，仰头咕噜咕噜地喝了起来。

耳边突然响起一阵山呼海啸般的欢呼声："进球了！"

"咳咳咳！"声音吓得老教练呛了一口水，大声咳嗽起来。他捂着嘴，心里一阵惊喜，啊，霸天队这么快就进球了？

霸天队的犯规战术

这帮孩子，虽然平日不听话，有点讨人嫌，但的确是很争气，这实力没说的。

他放下手中的瓶子，站起来刚想庆祝进球，突然发现，不对啊，怎么在场上抱作一团欢呼的是公主队？

扭头一看，坐在身边的助手张大嘴巴，一脸的不可置信。

老教练向助手问道："发生什么事了？"

助手没听见，继续发愣，老教练推了他一下，又再问一次，他才回答说："公主队的八号中场接球，往前突进，没到大禁区就起脚射门。我们队的球员刚上场，还没怎么准备，被她进球了。"

"啊！"老教练的心一下掉进冰窖里。

这是怎么回事啊！一支开战以来所向无敌的球队，竟然在开场不到两分钟的时间里，就被一支弱队进了球！！

其实最震惊的还是场上的霸天队球员。她们打死也不相信这是真的，但无奈这又是真到不能再真的事实——一直被她们所轻视的公主队，把球射进了她们的球门。

一阵惊愕之后，莫邪把队员们召集到跟前，小声说："情况不对，这帮公主病不好对付，我们按第二方案踢。那个八号，我亲自对付。"

队员们互相瞧瞧，脸上露出诡秘的笑容，然后朝队长

"嗯"了一声。

与霸天队惊诧、失落对比强烈的是，公主队个个脸上笑开了花，八号小岚的进球大大鼓舞了她们，士气空前高涨。

她们拥着小岚跑向了红色区域球迷们聚集的看台下，向他们挥舞着手臂，看台上的球迷们则用巨大的欢呼声回应她们。

"公主队！公主队！公主队！"

在紫妍的指挥下，公主队球迷们又起劲地唱起歌来：

"公主公主，最厉害的公主。公主公主，天下无敌的公主。困难，公主才不怕；对手，公主打哭她。打打打，打打打，像打蟑螂一样把她们打趴下！霸天队，赶快逃跑吧，各回各家，各找各妈……"

在小岚进球之后，坐在用玻璃隔成的贵宾房里的国王们，也都十分兴奋，全不顾平日的形象，高举双手高呼，还不住地喊着自家公主的名字，让她们加油。

国王万卡虽然内敛些，但是也满脸笑容，咧开嘴巴笑得十分开心。当然了，这球是他最喜欢的女孩踢进的呀！

公主球员们朝着球迷挥手感谢之后，又信心满满地准备开战了。

霸天队的犯规战术

霸天队也是信心满满的，因为她们准备祭出自己的必杀技——犯规战术。以前的比赛中，每当碰到难搞的对手，她们就会使出这招数。

霸天队开始频频搞小动作，利用合理冲撞，不断地用肩膀去撞击公主队球员，有的还在裁判视线的死角位，从后面去撞击对手。

茜茜被人推倒了，接着素姬又被踹中了脚踝，但裁判可能太宽容了，他对这些只是给予霸天队队员口头警告。裁判的纵容，令霸天队队员变本加厉。

而更讨厌的是莫邪对小岚的盯防战术，推撞、小动作不断，令小岚无法很好地组织队伍。

频繁的犯规使公主队员脚下的球不断地被断掉，虽然霸天队自己也一直找不到机会进球，却已经打乱了公主队的进攻节奏。

利安在场边很焦急，他朝小岚喊道："加强进攻！"

但是当公主队球员进攻的时候，就会遭遇霸天队的犯规战术。

贵宾房里的国王们急得坐立不安，性情暴躁的胡陶国国王阿齐齐用拳头捶着桌子，愤怒地叫道："这还有王法吗？

竟然使手段伤人，那队长莫邪是最坏的一个！"

胡鲁国玛丽女王冷哼一声："听说这支球队的队员都很有背景，家里都是世界级大富豪。特别是那个队长莫邪，父亲是世界首富，控制着全球经济命脉。哼，有钱就可以为所欲为吗？我就不怕他们，看我回国后，就宣布中止跟那个什么首富的经济合作！"

神马国国王沙沙迪洼怒气冲冲地说："赞成！那几个大富豪一向专横跋扈，以为没有他们地球就不会转。我早就不想跟他们合作了，回去马上中止合约！"

萝莉国国王卡洼义也说："我也一样！"

万卡国王说："各位，我们五国可以结成同盟，互相帮助，走向共同繁荣……"

"这主意好啊！"其他四个国王异口同声叫了起来。

"真是一言惊醒梦中人啊，还是年轻人脑子灵活！"玛丽女王对万卡竖起大拇指说，"我们五国早就应该合作了。我们的孩子都那么要好，我们大人也应该成为好朋友啊！如果我们五国联合起来，还怕那些搅风搅雨扰乱市场经济的顶级富豪、恃强凌弱的顶级强国吗？"

"好好好，我们现在就洽谈结盟细节！"阿齐齐国王最是性急。

万卡温和地笑笑："阿齐齐陛下，是否先关注场上的孩子们……"

"对对对，先看球！球赛结束后，我们五国马上开会商量，定出具体章程。"

没有人会想到，就因为一场足球赛，令五个国家空前团结，从此相互扶持，走向共同繁荣的道路。

这时见到莫邪又去缠小岚了。

小岚故意放慢了速度，就是等着莫邪上来。

莫邪在后面追，突然看到小岚速度变慢，就急忙冲了上去，想要绕到她前面断球，没想到小岚一个急刹，莫邪收不住脚一头撞在了小岚的背后，被反作用力撞得失去了平衡，往后一倒，四脚朝天倒在地上。

"活该！"红区球迷拍手大叫。

小岚朝躺在地上的莫邪冷笑一声，把足球带走，找了个机会射门，可惜被对方门将把球扑了出去。

莫邪爬起来，又继续缠着小岚，小岚只要拿球，就会受到来自莫邪的干扰，不单是防守，还有小动作和犯规。

又一次小岚拿球之后，莫邪从后面上来就是一脚，踢在了小岚的小腿上，这已经算是很明显的犯规了，看台上一片叫骂声，公主队支持者大叫："黄牌！黄牌！黄牌！……"

公主队队员都高举双臂向主裁判表示有人犯规。

主裁判仍然没有向莫邪出示黄牌,只是口头警告。

上半场临结束时,一直被骚扰着无法发挥正常水平的公主队,被霸天队进了一球,打成平手。

第 19 章
小岚化身守门员

下半场开始,霸天队继续小动作不断,当见到小岚又拿到了球时,莫邪眼睛发红地逼了上去。上半场多次犯规碰撞都无法让小岚倒下,她发誓下半场一定要给小岚点厉害看看,非让她趴下不可。

见到小岚又拿到了球,信心十足的样子,她气昏了头,从后面冲向小岚,用尽全力伸脚向小岚的左脚脚踝铲去!

距离最近的茜茜见到了大吃一惊,按莫邪这样的力度,即使小岚的脚踝侥幸没被踢断,脚上也会被莫邪鞋子上的鞋钉戳几个血洞。莫邪这是蓄意要把小岚踢伤,把小岚弄下场呀!

小岚化身守门员

眼看莫邪的脚快要踢到了,茜茜不由得尖叫一声:"小岚!"

正带着球往前跑的小岚心有灵犀,左脚一抬,刚好在这个时候,莫邪的脚铲到了,正好踢在她的鞋底上。

即使小岚有所防备,但因为莫邪下死劲地一踢,还是让小岚失去重心,往前扑倒。

看台上一片指责声。

"太过分了,给红牌!"

"严重犯规!"

"狠毒女,赶她走!"

很多清楚地看到莫邪铲小岚的球迷都很愤怒,莫邪这一脚如果得逞,小岚的脚踝不断掉,也得躺一两个月才能走路。

莫邪却向裁判摊开双手,表示自己并没有铲到对方,是小岚在假摔。

几名公主队球员冲上去扶起小岚,焦急地问她有没有受伤,小岚活动了一下手脚,说:"没事!"

这下莫邪更有恃无恐了:"你们看,分明是假摔嘛,想让裁判罚我,你好卑鄙啊!"

面对莫邪的倒打一耙,茜茜怒目圆睁,紧握双拳,真

公主足球队

想打那个卑鄙嚣张女一顿："你真无耻！凡是有眼睛都看得到，这场比赛你对小岚做了些什么。刚才踢向小岚的那一脚，要是成功的话，造成的伤害有多大你心知肚明，你竟然还敢反咬一口！你这卑鄙小人！"

莫邪恼羞成怒："你别污蔑我的人格！"

这时小岚冷哼一声："你还有人格吗？你的人格早被狗吃了！人在做天在看，你以为狡辩就可以掩盖你的丑恶行为吗！"

这时公主队的队员全都跑过来了，冲着莫邪喊：

"卑鄙小人！"

"技不如人就使肮脏手段！"

"……"

而霸天队队员也都跑过来，不分是非黑白就袒护莫邪。看着做了坏事还装无辜的莫邪，脾气暴躁的高娃气得要去打莫邪。

小岚一把拉住了高娃，她怕高娃打人被罚，那就很不值了。只要裁判不是脑子坏了，肯定会给莫邪出黄牌的。

果然不出小岚所料，裁判过来了，他从口袋里摸出一张黄牌，递到莫邪面前。莫邪脸色马上变黑，冲着裁判就嚷嚷："这不公平，明明是假摔……"

裁判赖得理她，哨子一吹，比赛继续。

霸天队球员仍然死不悔改，小动作不断，而且利用她们体力好、技术扎实，使公主队球门险象环生。高娃筋疲力尽，终于在一次扑球中跌倒地上，脚不幸扭伤了。

医生上来检查，认为高娃的脚伤严重，不可能再坚持下去了。

利安没办法，只好让替补门将戴芬上场。戴芬是公主队在学校大学部招的一名球员，技术远不如高娃。但在无人可上的情况下也只能点她了。

离比赛结束只有二十多分钟了，霸天队的犯规消耗了公主队队员大量体力，许多队员已经跑不动了，但因为实在缺少技术好的替补队员，利安不敢换人。所以场上东奔西跑的仍然是一开始就上场的那些首发球员。

而霸天队因为人力充足，已换了多名主力队员上场，所以她们队大多数球员仍精力充沛地满场飞。

公主队的劣势越来越明显。所有人都能看得出来，有些球，明明公主队的球员距离更近，但最终拿到球的都是霸天队的球员们。

公主队除了小岚和茜茜、司琴还在奋力奔跑之外，其他人都累得只有站着喘气的份儿。小岚只能一次又一次地

鼓励她们:"坚持就是胜利,未到最后一刻,我们都不可以放弃!"

就在这时,一个意外,令公主队明白了什么叫作"祸不单行"。

霸天队瞅准机会,向公主队发动了一次进攻,二号球员大脚踢球,足球以差不多一百公里的时速飞向公主队球门。戴芬飞身扑球,球砰的一下打到她脸上,弹出了门外,没有进网。

公主队队员们松口气之后,发现戴芬好像出问题了。她爬起来,但站立不稳,又再次跌倒了。

小岚跑了过去,关切地问:"你怎么了?"

"我头晕。"戴芬双手捂着脸孔。

小岚大惊:"糟了,难道是脑震荡?"

利安带着医生来了。医生给戴芬做着检查,而其他的公主队球员们都聚集在旁边,焦急地等待着结果。

这是她们的最后一个门将了,有什么三长两短,那就没门将可用了。

检查了一分多钟,医生向着利安摇摇头,表示戴芬的伤情已不能留在场上了。

这时场上比分是一比一,离比赛结束时间还有差不多

小岚化身守门员

二十分钟。

如果戴芬没受伤的话,她们还可能做最后一搏,创造奇迹,努力赢下这场球赛。但现在,别说再进球,连能否守住自家球门都难说了。

因为她们再没有门将可上场了。

浓重的绝望情绪笼罩住了公主队的球员。有人哭了。

"我来守门吧!"小岚站了出来。

"啊?"队员们吃惊地看着小岚。

"在香港读书时,我学过守门。"小岚继续说。

茜茜担心地说:"但是,训练时你从来没做过门将啊,仓促上场,能行吗?"

小岚笑笑说:"人家西班牙前锋霍纳桑都可以变身门将,他可以,我为什么不行?"

大家都不约而同地想起了荷兰世界青年足球赛,西班牙队对阵洪都拉斯队的那场大战。在西班牙队已经将三个替补名额用完的情况下,门将收到红牌被罚下场,这只能找一名球员客串门将。足球前锋霍纳桑临危受命,充当业余门将,对手一次次的射门都被他扑出,奇迹地帮助西班牙队以三比○完胜洪都拉斯队。

小岚又说:"我来负责守住球门,你们负责进攻对方球

门。比赛没结束，公主队仍未输。能进一球最好，不能的话，坚守防线，也别让霸天队进球。"

又对茜茜说："你是第二队长，接下来你负责中场指挥。"

小岚扭头向戴芬说："把你的手套给我。"

戴芬哭着摘下手套，又哽咽着说："对不起，我不配做公主队队员！"

小岚拍拍她肩膀，说："你已经做得很好了。你是非常棒的公主队队员。回去休息吧，胜利后我们一起庆祝。"

戴芬含着眼泪，使劲地"嗯"了一声。

利安深深地看了小岚一眼，眼里满是钦佩。他知道对小岚无须说鼓励的话，所是只是跟她说了一句："我把晓晴换上来。加油！"

然后又拍拍手，让队员们围过来，说："小岚能守住自己球门，你们也能攻破对手球门，奇迹是人创造出来的。努力，加油！"

"是！"女孩们大声应道。

很快晓晴上场了。她跑向小岚，因为了解，她才更担心："我记得你学守门已经是小学六年级那时的事了，你还记得怎么守门吗？守门的技术还剩下多少？"

小岚眼神坚定："我去守门，还有一点希望。如果不去，

小岚化身守门员

那就一点希望都没了。"

"嗯!"晓晴从小岚的眼睛里看到了坚持,看到了决心,她不由得笑了,"嘿,你是天下事难不倒的小岚嘛,我还担心什么?好,那就让我们一起来创造奇迹吧!"

晓晴跟小岚一击掌,只觉得浑身充满了力量。她虽然学过踢球,但因为多年未踢过,早就生疏了,这次加入公主足球队,只是因为好奇贪玩而已,平日训练也就马马虎虎、得过且过,反正她知道自己只是一名永远不会上场的替补队员。现在因为无人可换,小岚只能让利安点她上场,她刚才一听到叫她名字,吓得手脚冰凉,生怕自己在场上出洋相。现在看到小岚这样有信心,她不由得也受到了鼓舞,决定跟着小岚拼一场。

小岚把晓晴带上来的门将球衣套在原来的球衣上,又戴上手套,站到球门前,她喊了一声:"创造奇迹的时候到了。公主们,加油!"

"加油!"队员们的声音里充满决心。

第 20 章
胜利属于公主队

　　场上观众见到戴芬下场，又见到踢中场的小岚站到了球门前面，都有点莫名其妙，不知发生了什么事。这时，听到广播中传来主持人的声音："公主队门将意外受伤，公主队没有门将替补了，现在由八号中场小岚客串门将，十三号替补球员晓晴替下了门将戴芬……"

　　哄的一声，场上一片哗然。

　　霸天队队员拥在一起欢呼，如果不知道的话，还以为她们已经赢得了比赛冠军呢！霸天队的球迷也在欢呼，认为公主队输定了。用一个中场球员来守门，无论如何也比不上专业门将的，公主队这次必败无疑。

胜利属于公主队

而公主队的支持者们全都担心得不要不要的。

小岚会守门吗?没听说过呢!公主队的球门危险了。球迷们沉默地看着站在门前的小岚,忘记了摇旗,忘记了呐喊,只觉得那个金光闪闪的公主杯长了翅膀,离公主队越来越远。

球迷中有些女孩子开始抹眼泪,国王们在贵宾房里,神色紧张,一个个恨不得跳到绿茵场上,替他们的球员孩子去战胜对手。

只有万卡国王仍然对小岚充满信心,因为他知道,小岚这女孩子是遇强越强,从不放弃,他心里默默地说:小岚,我今天一定会把公主杯颁给你。

万卡国王是今天的颁奖嘉宾。

还有啦啦队的女孩子们,对公主队仍抱有信心,因为她们的会长娜娜曾经说过,小岚公主姐姐是无所不能的,天下事难不倒小岚公主。她们相信公主姐姐一定能创造奇迹,拿到冠军。

"小岚站在了球门前。嘿,这真是一场无法用言语来形容的决赛。公主队多灾多难,恐怕凶多吉少,霸天队本来就兵强马壮,看来今天必将产生四连冠……"一名电视台现场解说员说。

公主足球队

霸天队的确信心空前高涨，因为只需要进一个球，她们就能赢下这场比赛。而对着一个业余门将把守的球门，一队战斗力已衰竭的球员来说，进一个球绝对不成问题。

因为刚才戴芬将足球打出了底线，所以接下来霸天队要开角球，她们利用战术角球这个机会重新组织进攻。几十秒之后，霸天队的前锋在禁区里接到了队友踢来的球，她直接起脚射门！

"射门！"蓝色区域里球迷们一齐大喊。

球场里不知多少双眼睛盯着这个球，也不知有多少颗心在这一瞬间提了起来。小岚能挡得住吗？

球向公主队球门飞去。小岚腾空而起，用一个优美的姿势将足球拍了出去。

人们简直不敢相信自己的眼睛——这么精彩的扑救，这么标准的姿势，真是一个客串的门将做出来的吗？！

射门的霸天队前锋张大嘴巴，难以置信。那个球可是奔着死角去的啊，是一很难扑到的位置，没想到，竟然被扑出了。

"哄——"全场震动。

"小岚！小岚！小岚！小岚——"

小岚从地上爬起来，还没站稳，就被队友们抱住了。

胜利属于公主队

她们含着泪花,大喊:"小岚,你真了不起!"

小岚,你能创造奇迹,我们也能!小岚这个精彩的扑救给队员们带来了信心和希望。

"公主队加油!公主队加油!……"球场上支持公主队的声音压倒了一切。

接下来的时间里,霸天队遭到了她们史上最顽强的抵抗。公主队员们看到了小岚扑救的水准之后,对胜利有了更多的信心和期待,为此,她们要进球,要拿下那决胜的一分。一个明确的目标,一种强大的精神力量在支持着她们。

尽管霸天队多次射门,但都被小岚扑了出去。

时间已经剩下不多,连伤停补时,只有四五分钟,这时,霸天队利用公主队一个防守破绽,又组织了一次射门。

小岚倒地封堵,足球打在了她的身上弹了回去!当她松了一口气,用手撑着地面爬起身时,却发现左手手腕有点刺痛。可能是刚才倒地时姿势不对,伤到了。但斗志满满的小岚根本不当回事,站起来继续精神抖擞地严阵以待。

时间在一分一秒地过去,场上气氛越来越紧张,球迷们拼命地喊着:"胜利!胜利!进球!进球……"

每个人都希望自己的声音能带给自己支持的队伍好运。

在茜茜的指挥下,公主队球员用着最后的力气,在场

公主足球队

上奔跑着,努力着。

终于,前锋素姬边路接球,扯开了霸天队的防线。她没有继续内切突破,而是突然起脚传中!

传中并没有把足球踢到门前,而是传到了大禁区。一直在场上没什么章法东跑西跑的晓晴,不知什么时候跑到了中路,见到有球来到面前,慌忙用头顶了一下。

没想到足球被她正正顶中,飞向霸天队球门。可惜她有点射偏了,球飞向霸天队球门右边,眼看应是不会入网了。

"噢——"人们惋惜地喊了起来。

可声音未落,却发生了惊人一幕,人们目瞪口呆地看到,晓晴那个射偏的球仿佛被施了魔法一样,在最后时刻突然拐了一下,飞进了霸天队球门。

球场上一片死寂,所有人都不敢相信自己的眼睛,甚至没有人敢喊出"进球"两个字。过了十几秒,全场才哄的一声,像惊雷一样欢呼起来。

"进球了——"

"公主队!公主队……"

"公主万岁!"

裁判宣布公主队得分,场上比分二比一,公主队领先。

公主队的队员全都跑到晓晴面前,不可思议地看着她。

这时晓星也跑进来了,他说:"姐姐,你什么时候学会玩魔法了?"

小岚一把推开晓星抱住晓晴:"太厉害了,你是怎么做到的?"

晓晴刚从自己进球的惊诧中清醒过来,听到小岚问,才傻傻地笑着,说:"小岚,看来小福星这称号你要让给我了。"

"啊?"小岚眨了眨眼睛,"你想说什么?"

晓晴说:"我踢出球后,感觉一阵风刮过……"

小岚张大嘴巴:"啊,你是说,这是风施的魔法,是风让足球改变了方向?"

晓晴哈哈大笑:"哈哈哈,正是!真是得道多助,失道寡助,连老天都在帮我们!"

公主队的队员都笑作一团。

在呆滞中清醒过来的霸天队发难了,她们跑到裁判面前,嚷嚷着:"作弊!公主队作弊,这球不算!"

公主队队员回击说:"为什么不算?你们哪只眼睛看到作弊了?"

莫邪不服气:"就是作弊,这是高科技作弊!正常情况下哪有射出去的球会自己转弯的,这分明违反了物理学

定律。"

裁判过来吹哨,提醒比赛未完,还有半分钟。但霸天队仍对进球的合理性纠缠不休,非说是公主队作弊。

小岚忍不住说:"输了就是输了,你们有点体育精神好不好!这球算不算,有历史可借鉴。你们难道就没听过巴西球星罗伯特·卡洛斯踢出的那个经典的外脚背弧线球吗?"

霸天队的队员顿时语塞了。的确,早在二十多年前,足球比赛史上就已经出现过这样一个进球,当时是被认可得分的。那个球比晓晴今天踢的球离球门还要再远一些,但那个球硬是转了方向,跑进了对方球门。

"嘘——"

裁判吹哨,球赛结束时间到了。

宇宙菁英学院公主队,赢得了本年度公主杯足球赛冠军。

一阵惊天动地的欢呼之后,球场上响起了一阵激动人心的歌声,那是在许多足球赛上,胜利时刻经常响起的激动人心的歌曲——《我们是冠军》。

先是红区的宇宙菁英学院的学生在唱,接着整个红色区域全在唱,后来连蓝色区域都有许多人唱了。虽然他们原来支持的霸天队输了,但是他们很佩服公主队的顽强和勇敢,他们用歌声表达对这支球队的尊敬。

……

我们要不断地向前向前向前

我的朋友们我们要一直战斗到最后

我们是冠军

我们是冠军

没有失败的理由

因为我们是冠军

……

VIP房的国王们也在唱,他们用歌声表达最大的喜悦,所爱的人没有令他们失望,她们是最棒的。

霸天队的队员们在歌声中低下了头,她们知道,自己除了输球之外,还输了其他很多很多的东西。

小岚的第六感告诉自己,有一双眼睛一直在盯着她。转头寻找,是莫邪。

小岚见她双眼定定地瞧着自己,眼里有着说不出是什么的情绪。

小岚走了过去,说:"有什么想跟我说吗?道歉?"

莫邪沮丧地低下了头:"对不起,我的确做错了。因为

我们从来没输过,所以我不想输。"

小岚一脸的严肃:"知道什么是体育精神吗?"

莫邪有点茫然地看着她。

"体育精神也可以称为公平竞技,是体育运动的一个重要价值体现,每场赛事都要公平公正、尊重对手。在中国,这叫作'运动家的风度'。"小岚一字一句地说完,看了莫邪羞愧的脸容,又补充了一句,"中国清朝一位教育家说过,'宁可有光明的失败,决不要不荣誉的成功'。我把这句话送给你。"

莫邪喃喃地重复着:"宁可有光明的失败,决不要不荣誉的成功……"

这时传来茜茜的喊声:"小岚快来,教练让我们马上去换衣服,颁奖礼快要开始了!"

"来了!"小岚答应一声。

换上了干净的球衣后,公主队在教练利安和队长小岚的带领下,从球员通道走了出来。

看台上马上爆发出很整齐的巨大的呼喊声:"公主队!公主队!公主队!公主队……"

球迷们全部站了起来,向冠军球队欢呼、致敬。

首先进行的是亚军的颁奖,负责颁奖的是乌莎努尔体育部大臣，他把银色奖章挂到了霸天队队员的脖子上。霸天队的队员一个个都十分沮丧，看上去根本不像是一支得了亚军的队伍。连她们看台上的支持者，也都寂静无声，默默地看着她们上台、下台。

轮到公主队了，在《我们是冠军》的歌声中，公主队全体球员来到了颁奖台下。

主持人大声说："请公主杯大赛的冠军，宇宙菁英学院的公主队上台领奖！"

在小岚的带领下，全体球员激动地登上了颁奖台。她们终于为宇宙菁英学院拿回了久违的公主杯，终于实现了小球迷娜娜的愿望。

"公主队！公主队！公主队……"球迷们疯狂地叫喊着。

为女孩子们颁发金质奖章的是莱尔首相，他笑得连眼睛都几乎看不见了，这个冠军队伍的教练是他的儿子呢！他把一枚枚金质奖章挂到队员们的脖子上，轮到小岚时，他使劲地握着她的手，说："公主殿下，还有什么是你不会的？看，组织个球队都可以拿冠军。"

说得台上的人都笑了起来。

颁完奖后，大家都没有下台，她们在等待最辉煌的时

公主足球队

刻到来。

这时,主持人宣布由国王陛下给冠军颁发公主杯。

帅气的年轻国王上台了,他身后跟着一名捧着奖杯的小女孩。全场响起热烈的掌声,大家都很热爱这位年轻又睿智的国王。万卡温文尔雅地微笑着,从小女孩手里拿过公主杯,走到小岚面前,他温柔地看着小岚,说:"我以你为荣!"

小岚嘴角翘起,还给他一个灿烂的微笑。

小岚和利安两人把公主杯高高举起,小岚大声说:"我们做到了,我们是冠军!"

全场欢声雷动。

小岚捧着公主杯和队员们走下颁奖台,晓星走过来,羡慕地抚摸着金光灿灿的奖杯,

胜利属于公主队

他挨近小岚神神秘秘地问："小岚姐姐,有没有想过,万一输了球怎么办?真的吃手机?"

小岚一脸正气:"为人处世,一诺千金,当然真的吃。不过,我没说是吃什么材质的手机啊。嗯,蛋糕手机也不错哟!"

"啊?哈哈哈哈,小岚姐姐狡猾狡猾的!"晓星笑完,又问,"现在霸天队输了,那你会让莫邪吃手机吗?"

小岚耸了耸肩,说:"你说呢!"

晓星一副心知肚明的样子,说:"我就知道小岚姐姐一向嘴硬心软……"

一个晴朗的星期天,风景秀丽的白云山坟场来了三个少年男女,他们沿着上山的路拾级而上。

三三两两上山扫墓的人们,都朝他们

公主足球队

投去诧异的目光，因为为首那个戴着黑眼镜的漂亮女孩，手里捧着一个半人高的奖杯。

从没见过有人带着奖杯来扫墓的呀！

三名少年男女走到山顶，在一块掩映在树林中的墓地前停了下来。

"娜娜，你好吗？我是公主姐姐。告诉你一个好消息，公主队赢了，我们拿到了冠军。看，这就是公主杯，漂亮吗？"戴黑眼镜的女孩郑重地把奖杯放在墓前，又说，"娜娜，谢谢你让女子足球队重新成立起来，谢谢你让我们明确了目标，谢谢你对公主足球队的信任和支持。这公主杯里有你的一份功劳。"

另一个女孩把手里捧着的一件粉红色球衣放在墓前，说："娜娜，我是晓晴姐姐。你的梦想是做一名女子足球队队员，嗯，你的愿望可以实现了。我们决定把队里的十一号球衣留给你，你已经是公主队的队员了，开心吗？"

男孩把手中的一束鲜花轻轻地放在坟前："娜娜，晓星哥哥看你来了。这茉莉花是你的啦啦队队员们托我带来的，她们说你最喜欢这种雪白的、香香的花。"

一阵风吹来，头顶上的树叶发出沙沙沙的声响，三个孩子相信，那一定是娜娜快乐的笑声。